Ich wünsche euch allen auf den nächsten Seiten ein entsetztes Staunen und einen aufmerksamen Blick für das Wesentliche.

Das Gute und die Hoffnung sind immer bei uns und um uns, man muss sie nur sehen und erkennen!

Michael A. Writer

Michael A. Writer

Ich bin!

In der Küche war der Teufel los –
bis der liebe Gott reinschaute

Impressum:

www.tredition.de

© 2013 Michael A. Writer

Umschlaggestaltung, Illustration: Michael A. Writer

Lektorat, Korrektorat: Angelika Fleckenstein,
spotsrock.de

Verlag: tredition GmbH, Hamburg
ISBN: 978-3-8495-4496-6
Printed in Germany

Bibliografische Information der Deutschen
Nationalbibliothek: Die Deutsche Nationalbibliothek
verzeichnet diese Publikation in der Deutschen
Nationalbibliografie; detaillierte bibliografische Daten
sind im Internet über http://dnb.d-nb.de abrufbar.

Inhalt

Vorwort

Es gibt spirituelle Menschen, oder solche, die glauben, sie sind es, die behaupten, jeder Mensch könne sich das Leben, das er gerne führen möchte, noch *vor* seiner Geburt selbst aussuchen. Sollte das tatsächlich so sein, bin ich eines der größten Arschlöcher auf Gottes geliebtem Erdboden. Denn entweder war ich schon als Spermium volltrunken, oder man hat mir vor der Geburt ins Gehirn geschissen, weil das, was ich Ihnen zu erzählen habe, kann man sich doch nicht wirklich selbst ausgesucht haben? Aber bitte, bildensich auf den nächsten Seiten Ihre eigene Meinung. Vielleicht kommt Ihnen ja die eine oder andere Situation bekannt vor, undhaben danach auch das Verlangen einmal mit all' den kleinen, miesen Versagern abzurechnen, die Ihnen ihr ohnehin nicht sehr einfaches Leben manchmal zur Hölle machen.

Sicher, vergleiche ich mein Leben mit dem eines afrikanischen Mienenarbeiters, lebe ich vermutlich im Luxus, doch wer vergleicht sich schon gerne mit jemandem der in der Rankingliste weit unter einem selbst steht.

Aber nun mal von Anfang an, lassensich von mir einmal an den Ort führen, wo vor einigen Jahren das ganze Chaos begann und mein bis dahin zumindest einigermaßen normales Leben plötzlich eine steile Wende genommen hat.

Aber Halt! Was erzähl ich denn für einen Mist,wissen ja noch gar nicht, wer Ihnen hier schreibt. Nennen wir mich doch einfach „Küchenwunder", was auch schon ein bisschen auf meinen Beruf schließen lässt. Ja, ich bin Koch. Einer dieser tollen Typen, die pure Erotik ausstrahlen, muskulös und braungebrannt sind. Eben ein Typ wie ein Baum, der täglich in schneeweiße Kleider gehüllt, seinen Dienst am Herd verrichtet. Ich koche nur in den besten Häusern, mein Ruf eilt mir voraus, die Gäste rennen mir die Tür ein, ich gebe täglich Autogrammstunden und arbeite für das Fernsehen. Na, Ihr Schlaumeier, jetzt klebt Ihr an meinem Buch, Ihr bewundert mich und seid neidisch auf mein Geld, meinen Ruhm, meinen Einfluss. Die Mädels stehen Schlange, und ich verwende das Trockenlager für alles, nur nicht für die Lagerung von Lebensmitteln. Gott, wie bin ich GEIL! Könnte ich, würd' ich mich täglich selbst vernaschen.

Hier sind wir am ersten Wendepunkt des Buches, die Frage besteht nun darin, schreibe ich Ihnen die Wahrheit, dann hat das einige

Konsequenzen zur Folge. Erstens wird mich der ein oder andere mit dem Arsch nicht mehr ansehen, wieder andere werden mich wahrscheinlich nur noch über ihren Rechtsanwalt kontaktieren. Zweitens gibt's mit Sicherheit einige „Leidensgenossen" die mir meine offenen Worte danken und mich lieben werden, die wiederum küssen mir dann meinen süßen Arsch, somit Gleichstand. Hört sich doch eigentlich ganz gut an, und somit fällt Möglichkeit Zwei ins Wasser, die wäre nämlich gewesen, ich schreibe Ihnen irgendeinen erfundenen Scheiß der sich zwar gut anhört, aber eh niemanden interessiert.

Ja, dann nochmal auf Anfang und runter mit den Hosen.

Ich wiege mindestens fünfzig Kilo zu viel, bin weder braungebrannt noch muskulös, in meinem Trockenmagazin standen tatsächlich Lebensmittel und meine schneeweißen Kochklamotten waren meist verschwitzt und mit diversen Soßen verspritzt. Das einzige, das wahr gewesen ist, sind die Gäste, die in der Tat Schlange standen und mich von cholerischen Anfällen über Wutausbrüche bis zu Orgasmen gebracht haben. Dazu aber später mehr.

Wie alles begann

Es regnete in Strömen. Fast konnte man den Eindruck bekommen, selbst der liebe Gott musste weinen, als er sah, was da auf mich zukam – es war meine Schwiegermutter. Nein, nein es ist keiner der üblichen „Drachen", die man aus den einschlägigen Daily Soaps kennt –war schlimmer. Oh, Gott! Nein, das ist eine Lüge, aber ich musste das schreiben. Sonst wäre ich geplatzt - und wer hätte die Sauerei dann weggeputzt?

Ich wohnte mit meiner Frau, die ich übrigens auch in meiner Küche kennenlernte, direkt über der „Drachenhöhle". Von meiner Frau, auch wenn es mir wahrscheinlich tierischen Ärger einbringt, erzähle ich später mehr. Nur eins noch, bevor es mit dem Drachen weitergeht, meine Frau war das Beste, was mir passieren konnte, leider führt das dazu, dass man gute Menschen immer missbraucht, aber wie gesagt, dazu später mehr.

Zurück zur „Drachenhöhle" .... Meine Schwiegereltern, die mir wertvoller sind, als meine eigenen Eltern, wohnten in idyllischer Lage am Rand eines wunderschönen Ortes.

Einhundertzwanzig Einwohner, ein streunender Hund und ganz bezaubernde Nachbarn, nämlich eine Alkoholikerin, die jeden Sommer versucht, ihre nicht vorhandenen Titten im Garten zu präsentieren und in ihrem selbst entworfenen Westernhaus auf der Veranda alle Türen öffnet, um ihre Musikanlage so aufzudrehen, dass du denkst, du wohnst in Deutschlands erstem Partydorf. Dann wäre da noch „die nette Familie von nebenan" und übrigens die Schwester meines „Whiskeyluders". Die beiden schreien sich regelmäßig die schönsten Dinge über den mittlerweile erhöhten und verkleideten Zaun, zu – geil, wozu braucht man da noch Kino? Die Steigerung wäre noch ein Wachturm mit Selbstschussanlage. Gut wäre: das Ding würde nie den Falschen treffen. Nicht viel besser sind die „gut erzogenen" Kinder. Also, bevor ich auch so was bekomm', leg ich mein Teil freiwillig auf den Hackstock und es gibt Cevapcici zum Mittags-menü.

Die andere Seite des Verderbens ist um einiges besser, zumindest, wenn man auf Misthaufen, grunzende Schweine und Kuhstalllüftungen steht. Echt niedlich sind die Kinder! Sie blasen mit Luftpumpen Frösche auf, gehen mit Papa Schweine schlachten und schreien immer dann, wenn sie im Garten spielen, als würde man sie gerade selbst abstechen. Ich könnte „Misthäufen" kotzen, wenn einer von den beiden „Schnuckis" wieder auf die Idee kommt mit einem Fußball gegen das Eisentor im Garten zu schießen. Schön ist nur, dass der Ball regelmäßig bei mir im Garten landet und natürlich nur rein zufällig in einem riesigen Haufen dampfender Hundescheiße.

Dazu sollte ich sagen, dass ich durchaus der Meinung bin - gerade als Koch - dass wir natürlich Landwirte brauchen, und ohne Zweifel kommen das beste Fleisch und die hochwertigsten Produkte aus der Region. Aber trotzdem, sind Sie doch mal ganz ehrlich zu sich selbst: Ein Bauer, der auch noch Metzger ist, sieht doch häufig so ein bisschen aus wie ein Schwein auf zwei Beinen. Wie es da wohl mit dem Ringelschwänzchen ausschaut? Finden Sie's raus, RTL „Bauer sucht Frau"! Viel Spaß beim Ausrollen.

Bevor ich nun endgültig weiter über meinen „Schwiegertiger" philosophiere, muss ich nochmal eines loswerden, nachdem Sie mittlerweile die eine oder andere Seite gelesen haben, denken Sie vielleicht: Was schreibt da für ein „Honk"? Außer miesen Beschimpfungen und Kraftausdrücken kommt da nichts. Dazu sage ich nur: „Ich habe Sie gewarnt." So eine Küche verändert den Menschen, macht ihn zu etwas ganz anderem. Dann wird man so! Aber jetzt lesen Sie erst mal weiter.

Also, es regnete dicke Tropfen an unser Dachfenster. Unten wohnten meine Schwiegereltern und ein Stockwerk darüber wir. Eine nette kleine Dachwohnung, die wir uns im Laufe der Zeit recht hübsch eingerichtet hatten. Es war alles so, dass ich mich wirklich wie zu Hause fühlte. Hier und da gab's auch mal ein bisschen Chaos, aber ich finde, das macht ein Zuhause aus. Diese geschleckten Eingangshallen, in denen du Angst haben musst zu niesen, denn die Spritzer sehen auf dem weißen Marmorboden aus, als hätte dort ein Tornado gewütet, die mag ich eher nicht.

Wir saßen gemütlich vor dem Fernseher und ließen uns vom diesem wunderbaren und abwechslungsreichen Fernsehprogramm berieseln. Ich finde es übrigens abartig, dass Deutschland dazu verpflichtet wird, GEZ Gebühren zu zahlen, man uns aber niemand fragt, ob wir eines der dadurch bezahlten Programme überhaupt sehen wollen! Aber nur weiter so Vater Staat, wir sind zum Ausnehmen da, jetzt gehört uns schon fast Griechenland. Was kommt da wohl als nächstes? Hitler ließ dafür morden, wir kaufen die Länder einfach.

Meine Schwiegermutter, nennen wir sie einfach einmal „Mutter Theresa", denn wie Sie noch lesen werden, haben wir ihr wirklich viel zu verdanken und sie hat ein mindestens genau so großes Herz. Natürlich finde ich, wie jeder ordentliche

Schwiegersohn, meine Schwiegermutter manchmal echt ahhhhhhhhhh!, aber außerhalb dieser „Anfälle" ist sie mehr schnurrendes Kätzchen als brüllender Tiger.

Sie klopfte, wie das anständige Schwiegermütter machen, an der Türe und kam mit einer guten Nachricht zu uns.

„Setzt euch mal hin, ich habe eine gute Nachricht, der Papa hat herausgefunden, dass die Dorfgaststätte demnächst zu verpachten ist, das wäre doch was für euch!"

Ja, ja, ja mein Herz pochte, und ich jubelte innerlich. Wäre es gegangen, hätte ich am liebsten schon am nächsten Tag eröffnet. Ich träumte in den schönsten Farben. Es war so weit – Selbstständigkeit, ich komme! Nur eins war noch etwas störend, der Gesichtsausdruck meiner Frau, sie war nicht wütend, sie war nicht sauer, es war genau der Gesichtsausdruck, mit dem die meisten Männer nichts anfangen können. Sie war traurig, entsetzt, am Boden zerstört. Natürlich war ich ganz Mann und verstand überhaupt nicht warum.

Ich behaupte jetzt mal, dass ich rein optisch schon eher Michelin- Männchen als Herkules bin, trotzdem bin ich kein „Warmduscher". Ich gehöre, natürlich nach eigener Einschätzung, schon zu den Typen, die für ihre Familie das Mammut jagen und natürlich mit bloßer Hand erlegen, ich gehöre auch zu denen, die direkt danach noch ein Kind auf die Welt bringen würden, wenn sie könnten, im Flug nach unten dem Kleinen die erste Windel anlegen und dabei aus dem Mammut noch ein fünf Gänge Menü kochen. Doch dieser verdammte Ausdruck im Gesicht des Menschen, den du am meisten liebst, der bringt dich um, der bohrt sich in dein Herz und lässt dich die ganze Nacht wach liegen. Der nimmt dir die komplette Tinte vom Füller und du wirst zum Kuschelbär. Jeder echte Kerl kennt die Schmerzen, die man spürt, wenn deine bessere Hälfte in deinem Arm einschläft und du dich keinen Zentimeter mehr bewegen kannst, jeder kennt das ach, so „geile Gefühl", wenn sie dir dann noch an den Hals sabbert. Doch all das ist nichts gegen diesen verdammten Ausdruck in ihrem Gesicht. Aber ganz Mann, der ich bin, habe auch ich die „Verhaltensschule für Jungs" besucht und deshalb kenne ich die Regel Nummer eins in so einem Fall, sie lautet: Ignorieren, einfach ignorieren. Regel Nummer zwei lautet, je nach Situation, Selbstverteidigung, oder in meinem Fall „Totquatschen"!

Heute tut's mir leid. Ich habe den Menschen, der immer zu mir steht, der mit mir durch dick und dünn geht, fast mit in den Abgrund gerissen. *„Danach ist man immer gescheiter als vorher"*, einen dämlicheren Spruch gibt's wohl gar nicht, aber er stimmt!

Zurück ins Mittelalter, als man den „bösen Sündern" noch die Fingernägel herausgerissen hat, sie von Insekten anfressen ließ oder sie auf andere abartige Weisen quälte. Jeder, der das hört oder in ähnlich gruseligen Filmen heute in HD-Qualität im Fernsehen sieht, zuckt zusammen - zumindest, wenn er normal ist, was man von vielen Zeitgenossen ja nicht mehr behaupten kann. Aber diese Qual, die meine Frau mit mir erleiden musste, war wohl um einiges schlimmer. Sie wurde gefoltert, verachtet, vernachlässigt und in gewisser Weise auch unterdrückt und trotzdem steht sie heute, während ich diese Zeilen schreibe, hinter mir und nervt mich mit dem „Knatschen" des Bügeleisens, während sie meine Hemden bügelt. Oh Gott, ich danke dir für diese Frau – ich liebe sie.

Gesagt getan, ich habe sie gekonnt zugequatscht, und da sie mich wohl auch so ein bisschen mag, hat sie mir kurz darauf mein „Go" für den Start in die Selbstständigkeit gegeben. Der erste Schritt war also getan, und ganz nach dem Motto *„Heute stehen wir vor dem Abgrund, morgen sind wir einen Schritt weiter"* ging ich stolz voran, denn ich war jemand: Ich war Gastronom!

Mein Absprung

Tja, endlich war ich Etwas. Denn wirklich gelernt habe ich nichts. Halt, halt! Nicht, dass Sie jetzt denken, Ihnen schreibt ein fauler Harz IV Empfänger. Nein, ich habe schon etwas gelernt, aber halt *wie*. Bevor ich Ihnen davon erzähle, noch ein Wort zu Harz IV, jeder der arbeiten möchte, aber aus gesundheitlichen oder Gründen mangelnder Qualifikation momentan keine Arbeit findet, oder annehmen kann, soll bitte diese Unterstützung bekommen. All die netten Menschen unter uns, die einfach zu faul sind, um zu arbeiten und deshalb auf unsere Kosten leben, sollen daran … „PIEP"!

Nach meinem qualifizierten Schulabschluss habe ich in einem renommierten Restaurant meine Ausbildung zum Koch begonnen. Und mit mir hatte mein Ausbilder, wir nennen ihn Charly, seine Arbeit aufgenommen. Ein netter Typ mit blond gefärbten Haaren, also die, die noch da waren, denn das Ganze sah eher aus, wie ein Vogelnest nach einem Wirbelsturm. Schlank, wusste sich gepflegt auszudrücken und war kein Choleriker, wie sie in Küchen leider oft vorkommen. Eben ganz das Gegenteil von meinem damaligen Chef, einem neureichen Alkoholiker, der sein Geld mit Jaguar fahren, Urlaub, Saufen und zweitklassigen Nutten durchbrachte. Warum er das konnte? Weil er eine Frau hatte, die genauso „treu-dumm" war wie meine, denn irgendetwas an ihm muss ihr so gut gefallen haben, dass sie die ganze Arbeit machte und den Laden am Laufen hielt, während er seine Eskapaden lebte, die sie ihm großzügig verzieh.

Ich weiß noch, wie er an einem Samstagabend von einer seiner Fick- und Sauftouren nach Hause kam und in seinem Rausch in die Küche stolperte, dabei nahm er die einhundertfünfundzwanzig vorbereiteten Vorspeistenteller für eine Hochzeit an diesem Abend mit. Wohin? Auf den Boden. Es tat mir leid für das Brautpaar und seine Gäste, vor allem auch für mich, denn der dumme Azubi ist immer der, der solche „Schäden" dann möglichst schnell und ohne Fragen zu stellen ausbessern soll. Aber, dass der fette Sack zwischen Forellenfilet, Wachteleiern und Salatgarnituren am Boden lag und zappelte wie eine Schildkröte auf dem Rücken, war einfach nur geil! Meine liebste Geschichte von meinem Chef ist jedoch eine andere.

Als einmal die letzte Portion Gulasch verkauft war, aber dennoch eine weitere Bestellung dafür in die Küche kam - da hat wohl mal wieder eine Serviceschlampe nicht zugehört – nahm er einfach die Reste aus dem „Schweineeimer" heraus, ein bisschen Wein, ein bisschen Sahne, und der Gast gibt dir für diesen Hochgenuss auch noch ein gutes Trinkgeld. Damit wir uns richtig verstehen, damals gab es den „Schweineeimer" noch. Darin hat man die Essensreste, die von den Gästen zurück in die Küche kamen, für den Bauern im Nachbardorf gesammelt, der dann damit seine Schweine „verwöhnte". Gelobt sei Schweinepest und Vogelgrippe!

Ab dem ersten Tag meiner Ausbildung besuchte ich parallel das „Boot Camp" für Köche, das heißt im Klartext mir wurde beigebracht: Alle Köche sind geil. Alle Köche verwenden Kraftausdrücke. Alle Köche vögeln die Putze mindestens einmal in der Umkleide. Alle Köche haben einen Schwanz, mit dem sie Wahlnüsse knacken können. Alle Köche sind gut, und der liebe Gott hat sie so gemacht, weil er sie so wollte. Die andere Seite, angrenzend an die Küche, dieser Sündenpool, dieser schwarzweiße Sumpf, diese Kiestreter, diese Tellertaxis, die sind böse, nur gut, um uns zur Hand zu gehen. Schlampen halt!

Irgendwas ist trotzdem schiefgelaufen, total schief – HILFE – ich bin im Kühlhaus! Ich strecke mich nach einem Blech mit Pilzen, mir ist kühl, warum sind meine Eier auf einmal so warm?

Irgendetwas spüre ich ..., es ist gut, aber es kann nicht sein. Der Geruch, den ich kenne, das Atmen auch .... Diese Drecksau! Charly, mein Lieblings Ausbilder, der, mit dem man Pferde stehlen kann, fummelt an meinen Eiern rum! Ein Versehen, einfach hingekommen – doch der Blick? Es war kein Versehen!

Kennen Sie den Moment, in dem Sie etwas Neues kennenlernen und sofort wissen, Sie hassen es? Die Frage könnte auch heißen, sind Sie schon mal vergewaltigt worden? Nein? – Glückwunsch!

Ein echter Koch hält sein Maul und geht da durch – die Elite-Einheit der Bundeswehr ist ein Scheißdreck gegen einen echten Koch.

Es wurde mir ein Teil meiner Seele genommen, wieder einmal, als Kind vergewaltigt von der eigenen Mutter, wenn auch „nur" seelisch – jedes Kind sucht sich aus, wohin es geboren werden will! – Sie verstehen!

Das führte dazu, dass mein Ausbilder noch vor meiner Zwischenprüfung den Dienst quittierte und ich mit zwei Küchenhilfen und einem Spüler alleine dastand. Meine Chefin stellte mich vor die Wahl, mir einen neuen Betrieb zu suchen, oder ohne Ausbilder weiterzuarbeiten. Sie hätte den Wirte-Brief und für die Industrie und Handelskammer, den Träger der Ausbildung, wäre das ausreichend.

Ich blieb, und mein neues Motto lautete „learning by doing". Es funktionierte, und ich bestand meine Abschlussprüfung mit einer Zwei. Ich lernte in der Zeit viel. Das Kochen, das Delegieren, das Organisieren und das Vögeln. Selbst danach blieb ich noch ein Jahr, ich machte alles! Ich verzichtete auf Urlaub und Freizeit, ich erledigte den Einkauf, ich verdiente das Doppelte- und Dreifache des Tariflohns und ich vögelte alles, was in der Spülküche zwei Titten hatte und nicht schnell genug laufen konnte.

Dann der Abstieg. Ein Jahr Bundeswehr. Die anderen lernten Schießen und marschieren, ich machte das, was ich am besten konnte – kochen! Das Jahr war schnell vorbei, und ich stieg in den Betrieb meines Vaters ein. Mein Vater war und ist nicht verkehrt, sein größter Fehler ist wohl, den Mund nicht aufzumachen und immer das zu tun, was meine Mutter sagt. Die sagt viel und immer! Was sie sagt, ist eine Mischung aus nicht vorhandener Intelligenz und gequirlter Kacke, doch diese dauerkranke und kaufsüchtige Person findet immer wieder Menschen, die ihr zuhören und noch schlimmer – glauben.

Mein Vater war immer schon selbstständig mit einer Bäckerei, die er von seinem Vater übernommen hatte. Ich war der Querschläger der Familie und wollte ja unbedingt Koch werden. Meiner Mutter kam das genau recht. Die Bäckerei war pleite und kurz vor dem Konkurs, das Personal wurde nach und nach immer weniger, das Haus war alt, das Geld war knapp und die Kaufsucht behindert! Die Lösung: Bäckerei verkaufen - Schulden bezahlen - umziehen – neuen Laden kaufen und weiter Geld ausgeben. Die beste Idee, mit der sie sogar mich überzeugte, der neue Laden sollte ein Edel-Bistro sein, *„damit unser Sohn auch eine Zukunft hat"*. Kurz gesucht und schnell gefunden – neue Darlehen – neues Einkaufen – neue Schulden. Mein Vater und ich arbeiteten wie die Tiere und meine Mutter lebte wie die Made im Speck. Mit etwa vierzehn Stunden Arbeit täglich und das an sechs Tagen der Woche, bei einem Lohn von ungefähr fünfhundert Mark, war der Job wohl deutlich unterbezahlt – aber was tut man nicht alles für die Zukunft?!

Kurz und knapp, ich hab in diesem Laden meine Frau kennengelernt, und allein schon deshalb waren es diese Jahre harter Arbeit wert. Übernommen habe ich meine „Zukunft" nie, weil meine Mutter es schaffte auch diesen Laden in den Konkurs zu führen.

Dank meiner Frau und meiner Schwiegereltern habe ich den „Absprung" rechtzeitig gefunden und meine Küchenmeister-prüfung gemacht und bestanden.

In dieser Zeit hatte ich gar nichts mehr verdient und meine Frau, die ich mittlerweile geheiratet hatte, befand sich in der Referendarzeit und verdiente so gut wie nichts, und obwohl wir nie mehr so wenig hatten wie zu jener Zeit, war unser Leben in dem Jahr so erfüllt und so kostbar wie in kaum einem anderen danach. Ich verliebte mich täglich neu in meine Frau, und ich hatte das Gefühl, vor Glück zu platzen.

Liebe meines Lebens

E insicht – es hat beinahe sechs Monate gedauert, bis ich mich selbst von den ersten Seiten meines Buches erholt habe. In dieser Zeit habe ich sehr lange und genau darüber nachgedacht, ob und wie ich weiter schreibe. Ihr seht und lest ja nun: Ich schreibe weiter.

Ja, nun waren wir mittlerweile verheiratet, einer der schönsten Tage im Leben, auch für so ein Arschloch wie ich es damals noch war. War ich noch eins? Ich weiß es nicht mehr, kommt wohl ganz darauf an, wen man fragt! Meine Frau dachte das wohl nicht, sonst hätte sie mich nicht geheiratet – hoffentlich!

Kennen Sie das Gefühl, wenn man will, aber nicht kann? Ich wollte meiner Frau jeden Wunsch von den Augen ablesen, wollte mit ihr unsere Traumhochzeit organisieren, sie musste alles übertreffen, die Hochzeit von William und seiner „oben ohne Kate" sollte dagegen nur ein Kindergeburtstag sein – zumindest in Gedanken. Leider sollte es schwerer sein als geplant, denn zu diesem Zeitpunkt war ich leider noch der Sklave meiner Eltern und malochte Tag um Tag in „unserem tollen" Bistro, das einmal mir gehören sollte. Die Absicht, seinem Sohn zu helfen, ihm eine Zukunft aufzubauen, ist nun nicht unbedingt verkehrt, im Gegenteil, es ist wohl eine der ehrenwertesten Absichten im Leben der Eltern, ihrem Kind zu helfen. Heute weiß ich nicht, wo diese Hilfe gewesen sein soll. Der Ursprung allen Übels lag wohl schon hier in diesem kleinen Augenblick. Hätten sie, dann wäre ich, und so weiter. Es hatte aber niemand und deswegen war auch nichts, aber rein gar nichts. Sie erinnern sich, dass mein Vater und ich in diesem Laden geschuftet haben wie ein paar Ruderer auf einer ägyptischen Galeere, gebracht hat's leider nichts. Auch meine Mutter hat natürlich gearbeitet, nur eben auch doppelt so viel Geld ausgegeben wie verdient wurde. Jetzt muss man nicht unbedingt Betriebswirtschaft studieren, um zu erkennen, dass diese Rechnung nicht aufgehen kann.

Der schönste Tag im Leben, ich denke, das haben wir ganz gut hinbekommen. Wenn ich heute so daran denke, würde ich nichts ändern. Die Musik, die mich beim Brautverziehen total verarscht hat – Drecksäcke! Die hatten mir ein Nudelsieb aufgezogen und machten aus mir einen Gustav. Das wirklich leckere Essen, obwohl es nicht von mir war, die Gäste, von denen manche herzlich willkommen waren, und andere eben

„nur eingeladen"! Tja, und nicht zuletzt das Vollblutweib an meiner Seite. Ein Traum in Weiß verdeckte ihre nicht zu kleinen Brüste, und sie sah aus wie eine Mischung aus Schneewittchen und einer erstklassigen Pornodarstellerin – geil – seit zehn Jahren gehört sie mir. Der Unterschied zwischen uns beiden ist, dass ich älter und fetter wurde, sie aber noch mehr Frau, selbst unser kleiner Engel, der sie 9 Monate täglich getreten und ein bisschen gequält hat, konnte ihr nichts anhaben. Aber dieses Glück mussten wir uns schwer erkämpfen, ein Kampf gegen Drachen und Windmühlen. Oder gegen Idioten und Arschlöcher, entscheiden Sie selbst welche Bezeichnung besser passt.

Zu Beginn meiner Niederschrift, ach, wie intelligent ich mich auszudrücken vermag, erwähnte ich ja bereits, dass meine Eltern ein Bistro führten. Das taten sie nicht immer, erst einmal setzten sie den elterlichen Betrieb meines Opas in den Sand – zu viel Personal, zu viele Unkosten und zu viel „Gelebt", für zu wenig Arbeit! Aber der liebe Gott gibt jedem eine zweite …, dritte …, vierte … Chance und so kam es, dass, wie ich auch schon erwähnte, ihr begnadeter Sohn den Beruf des Kochs erlernte und den total veralteten und insolventen Betrieb dann nicht wollte - der war ja übrigens auch eine Bäckerei. Also beschloss man, den Laden zu verkaufen und sich aufzumachen in neue und unerforschte Welten – die Gastronomie!

Schnell war ein Makler gefunden, der den alten Laden verkaufte und einen neuen fand. Nebenbei machte er das Geschäft seines Lebens. Ohnehin ein komischer Kauz, er wohnte mal hier, mal da, hatte heute ein Büro, morgen keins, ebenso verhielt es sich mit seinem Führerschein. Haben Sie schon mal einen Makler zur Besichtigung abgeholt, weil er selber nicht hinkommen konnte? Na ja, er wurde ausgesucht, um zu finden und er fand. Geld wurde eingenommen durch einen Verkauf und genauso schnell wieder ausgegeben. Doch leider genügte es nicht und man machte wieder neue Schulden. Was wäre ein Leben auch ohne!? Während nun uns völlig fremde Firmen das neue Objekt renovierten und umbauten, gönnten meine Eltern sich erst einmal sechs Wochen Spanien – warum auch nicht, momentan hatte man ja Geld. Man bestellte von dort aus die Einrichtung. Wozu gab's schließlich einen Katalog mit bunten Bildern und ein Faxgerät? (Internet kam erst später, da waren sie schon wieder insolvent.)

Meine Mutter machte das, was sie am besten konnte – einkaufen. Eine komplette Wohnungs-einrichtung, ohne auch nur ein Maß der Wohnung zu haben, aber was nicht passte wurde passend gemacht. Die 10.000-DM-Couch war etwas unbequem, zum Probesitzen im Möbelhaus langte halt die Zeit nicht – Freunde wir sprechen hier von Power-Shopping, da gibt man sich nicht mit Lappalien ab, außerdem hat sie das Ding ja für 500 DM wieder verkauft, eine echte Geschäftsfrau halt. Da sie im Ankurbeln der Wirtschaft aber immer schon eine „Größe" war, hatte sie auch gleich eine neue Couch und drei elektrische Fernsehsessel gekauft. Hat sie alles recht günstig bekommen für nur schlappe 9.000 DM. Man kann ja schön mit Teilzahlung das ganze Elend splitten. Ist doch klar! Immer schön weiter Schulden machen.

Als man übrigens damals vom Urlaub zurückkehrte, hörte man von den fleißigen Handwerkern, dass der Notausgang vergessen wurde, ebenso die Beschattung für den neuen Wintergarten und die Heizung für denselben – Freunde, das Ding heißt Wintergarten! Ach ja, fast vergessen, die Sicherungskästen und Kabelleitungen waren auch komplett veraltet und teils defekt! Was soll ich sagen – „Wir machen den Weg frei" – für ein neues Darlehen! Und was machte meine Mutter, während mein Vater und ich uns die Eier wund schufteten? – Ja, sie gab weiter Geld aus – für Deko – für Klamotten – für …, gerne auch für Lebensmittel. Eigentlich nichts Besonderes, außer wenn man jede Woche anstatt für zwei Personen für vier einkaufte und das, obwohl man eine Kneipe hatte, in der es alles nur Erdenkliche zu Essen und zu trinken geben sollte. Doch Leute,

„fuck off"! ‚in diesem Laden, der mit Tempo 100 auf die Insolvenz zusteuerte, war das auch schon scheißegal. Das Gute daran: Genau hier, habe ich meine Frau kennengelernt. Die Liebe meines Lebens!

Dank sei Gott!

Ich habe sie lang gesucht und bis ich sie gefunden habe, auch viel probiert. Da war Blondie, die leichte Alkoholikerin aus Sachsen, doch nur mit „genügend Blut im Alk'" - Leute ich sag's euch! - die konnte vögeln wie eine Hamburger Hafenhure. „Blacki" hingegen war eher die, die man dauernd neu gewinnen musste und die den Luxus liebte, aber ich lernte ja von meiner Mutter und gab einfach Geld aus, das ich nicht hatte, und solange ich das tat, wurde ich dafür belohnt. Mann, wurde ich belohnt! Immer und überall, im Aufzug, im Auto, im Schwimmbad, …! Als die Kohle aus war, waren auch die Belohnungen etwas knapper, und schließlich jagte meine Frau die Konkurrenz vom Hof! Das war auch gut so – wer will schon ständig belohnt werden?!?

Meine Frau sieht manchmal aus wie ein Engel. Aber als wir uns kennenlernten, fuhr sie erst mal mit ihrem damaligen Stecher nach Griechenland in den Vögelurlaub! Als ob man das nicht hier auch könnte! Aber als sie zurückkam, erlag sie meinem

Charme und wollte mich! Das stimmt so wirklich, vorher fickte ich wie ein geiler Straßenköter, aber bei ihr traute ich mich nicht ran. Vielleicht ein Zeichen der wahren Liebe: >>Wenn du dich nicht gleich traust sie flachzulegen, dann ist das wohl die ECHTE Liebe<<.

Das Lustige an der Sache ist, dass Frau sich mit Mutter erst einmal gut verstand, fast beängstigend, sie waren ein Herz und eine Seele! Das ging jedoch nur so lange gut, bis der Teufel seine Hörner zeigte und sein liebes Lachen zu einem hämischen Grinsen wurde. Noch bevor wir geheiratet haben, machten wir uns Gedanken über die Zukunft, ganz schön altmodisch, oder? Aber ich hätte das auch ohne die Ansprache meines Schwiegervaters gemacht: >>Bis heute war ich zuständig, jetzt gehört sie dir<<. Hat was von modernem Viehhandel – hab mir die beste Kuh im Stall geholt, gibt keine Milch, dafür hat sie aber zwei dicke Euter!

Zurück zur Zukunft, gegen alle Hindernisse wollten wir den Laden weiterführen und über-nehmen, denn so war es ja gedacht, zehn Jahre für ein paar Mark geschuftet, damit der Bub dann eine gesicherte Zukunft hat mit einem fast insolventen Laden. 90 Plätze, 'ne ½ Mille Schulden – geile Zukunft! Wir haben gekämpft und waren überall, bei jeder Bank, jeder Einrichtung von der wir dachten sie könnte uns helfen, überall habe ICH für Fehler, die ich nicht machte die Hosen runter gelassen, nur damit die Herrn Banker mit ihren fetten Schweißfüßen richtig reintreten konnten!

Lange Rede kurzer Sinn, der Laden ging insolvent, aber erst nach dem meine Süße und ich weg waren. Dazu kam genau in dieser Zeit, dass wir unsere Hochzeit planten. Aber egal was wir uns ausdachten und organisierten, meinen Eltern war das nie recht. Kostet zu viel, macht zu viel Arbeit, alles Scheiße! Für meine Mutter wahrscheinlich vor allem deshalb, weil sie nicht im Mittelpunkt stand! Davon abgesehen zahlten sie ohnehin nicht viel bis nichts und halfen so gut wie gar nicht! Scheißegal, die Hochzeit war geil, so geil! Ich tanzte wie ein junger Gott – so sah allerdings nur ich das. Wir hatten tolle Gäste, super Musik, leckeres Essen und Petrus persönlich ließ an diesem Tag die Sonne für uns lachen. – DANKE für diesen wunderschönen Tag!

Einzug ins Verderben

Kurz bevor wir nun die Hölle betraten und ich den Unterschied zwischen GUT und BÖSE neu lernen musste, holten wir ihn wieder zu uns, den Weggefährten meiner Frau! Den Seelenfreund, den, der das Böse von dir abhält, den, der alles tun würde, dass es dir gut geht. Er war schwarz, hatte zwei winzige Ohren, war total behaart und leckte gerne. Gut, könnte teils auch auf mich zutreffen, aber mich hatte sie ja schon. Er hieß Darco und war ein schwarzer Labrador. Ein Hund der mit so viel Liebe gefüllt ist, dass er eigentlich platzen müsste. Ich glaube, wenn er die ganze Kraft dieser Liebe einsetzten würde, ließe und dieses Licht erblinden. Ohne es damals zu wissen, war er ihr Schutz und ist es noch heute, ihr Schutz vor allem Schlechten in der Welt und davon gibt es viel – ich weiß, wovon ich schreibe! Er begleitete uns jeden Tag, dafür gab er viel und leidet heute noch jeden Tag – aber ich weiß, er tut es „gerne"!

Jeder Mensch hat diesen Seelengefährten, aber die wenigsten wissen von ihm!

Wie sein Name ja schon verrät ist er gebürtiger Münchner mit Stammbaum. Tja, wenn schon, denn schon, wer will schon so einen Fotzenschlecker als „Gefährten"? Meine Frau trainierte mit ihm in der Welpen-Prägung und verschiedensten Kursen für hunderte von Euro und es hat geklappt. Sie läuft jetzt super an der Leine und ist Stubenrein – nur Darco konnte sich nicht alles merken, daher wohl auch der Begriff „blöder Hund"! Ist er aber nicht – er ist wohl der intelligenteste aus der Familie, denn er wusste schon vorher, was da auf uns zukam – das Böse!

Tja, ihr Schnuckis, ihr Warmduscher, für jeden wäre es bis hierher genug. Ihr würdet aufgeben und sagen stopp, alles erfunden, aber ich, „der Superkoch", sage euch, jetzt geht's erst richtig los! Kommt mit und geht mit mir in und durch die Fluren des Teufels, denn hier erst beginnt die eigentliche Geschichte. Es soll nett und amüsant werden, geil und schmutzig, lehrreich für alle „Mutigen", die sich selbstständig machen möchten, aber auch für alle „Ritter des Lichts" die vielleicht noch nicht wissen, dass sie es sind oder sein dürfen. Doch, vor allem steht wieder: >>Wir erschaffen uns unser Leben selbst!<< Da das eine Tatsache und kein dummer Spruch ist, muss ich mich an dieser Stelle erneut fragen, was bist du denn für ein riesengroßes Arschloch?! Doch ohne den Weg durch die Hölle, würden viele nicht im

Licht stehen, denn der Teufel zeigt uns Lichtwesen erst, welche Kraft in uns steckt. Also möchte ich mich an dieser Stelle auch bedanken, viele tun das zu Beginn eines Buches oder am Ende, da dies aber mein „erstes Mal" ist, nehme ich mir die Freiheit, es hier zu tun!

Ich sage danke meiner wundervollen Frau und ihren zwei riesigen und wohlgeformten „Ohren", meiner zauberhaften Tochter, meinen Eltern die ich natürlich liebe, so sehr ich es noch kann und meinen Schwiegereltern, die sich oft auf eine sehr fragwürdige Art aber immer ehrlich „um uns kümmern"! Bei einer Dame namens C. B., die mich dorthin zurückführte, wo ich eigentlich her gekommen bin und hin gehöre und bei niemand geringerem als unserer aller „Chef" - Gott Vater, ohne den ich diesen Weg nicht überlebt hätte - Danke Vater! Ebenso danke ich allen Luschen, die jetzt heulen, weil sie nicht genannt wurden, auch allen Arschlöchern, Wichsern und Hurensöhnen, die sich so nett und zahlreich zur Verfügung stellten und an denen ich lernen durfte. Ähnlichkeiten mit lebenden Arschlöchern sind natürlich nicht rein zufällig und sicherlich zu 100% gewollt!

Aus dem Dorf gejagt werden wir ja eh, doch wir rennen nicht, sondern reiten leuchtend, mit einem goldenen Mantel, hinaus in die Welt und an unseren Flanken fliegen die Engel, die uns schützen. Sie lachen mit uns über die Dummheit derer, die nicht leuchten, sondern nach Rauch, Moder und Schwefel stinken!

Denkt mit mir mal einige Seiten zurück, meine Schwiegermutter kam zu uns, um uns zu verraten, dass die Dorfgaststätte zu verpachten ist ...!

Einige Monate später waren 50.000 Euro Startkapital organisiert, ein Businessplan erstellt und erste Gespräche geführt! Ganz im Gegensatz zu meiner Frau, hielt mich nichts davon ab, mich mit allem, was ich an Begeisterung hatte, ins Elend zu stürzen. Die Besitzer der Gaststätte schienen ehrliche und anständige Leute zu sein. Dort galt ein Handschlag noch etwas, und da ich damals nicht wusste, was ich heute weiß, fühlte ich mich wie im Himmel! Es wurden Gespräche und Verhandlungen geführt, eine Besichtigung des Objekts durchgeführt, zu dem auch eine kleine Kapelle gehörte – makaber! Alles schien perfekt zu sein, selbst der Schnösel, dieser kleine besserwissende, teils arrogante „Mensch", den SIE ihren Berater nannten, erschien mir nett!

Aber Luzifer war auch Gottes Sohn und ist es noch, trotzdem er nun als Teufel besser bekannt ist. Ich weiß nicht, was dieser Berater war und ist, aber würde ich ihn heute wieder beschreiben müssen, wären meine Worte eher „armer, ungeliebter Wichtigtuer", na ja, der Sekretär des

Teufels eben! Selbst dass wir als Pächter den Pachtvertrag selbst schreiben sollten, erschien mir nicht ungewöhnlich, die zwei „Alten" wollten mit dem ganzen Schreibkram halt nichts mehr zu tun haben. Und so kam der Tag der Tage, an dem wir, meine Frau, unser Hund und ich, in die „Mauern des Verderbens" einzogen. Ich wusste noch nicht, was uns erwartet, hätte ich es gewusst, wäre ich wahrscheinlich geflüchtet.

Was erwarten Sie von einem Pachtobjekt am Tag der Übernahme? Ausgeräumt, besenrein, geputzt? Falsch! An diesem Montagmorgen ereilte uns ein Geruch aus kaltem Rauch, billigem Bier und gekochten Frühstückseiern. Alles wäre erklärbar gewesen – aber Eier? Da waren sie: „Dumm und Dümmer". Unsere Verpächter nahmen zum Zeitpunkt der Übergabe ihr Frühstück ein! Mit einem Gesichtsausdruck wie eine gefickte Kuh und ein überfahrener Frosch, saßen sie da und schmatzten! Besenrein nein, ausgeräumt nein, schlechtes Gewissen - NEIN!

Wir hatten einen Zeitplan. In einer Woche sollte eine neue Küche rein, gestrichen werden, eine neue Theke eingebaut werden und so weiter, und diese Asis schmatzten ihr Frühstück! Scheiß drauf! Wir packten an und räumten unter den strengen Augen unserer Verpächter deren Dreck weg. Da war so einiges: Schimmel, Soße in verrosteten Gurkendosen, „Schmotter" und Fäulnis. Hätte ich das vorher gewusst, hätte ich eine Handgranate reingeworfen, um das, was dort lebte, zu töten.

Als wir einen ersten Augenblick der Freude erlebten, weil wir gut mit der Arbeit der anderen vorankamen, erfuhren wir von Gästen, die noch im Haus waren – und zwar noch drei Tage!!!

Stammgäste!, und die hatten jetzt Hunger. Gäste wollten wir auch, aber warum in *dieser* Woche? Wir renovierten, wo sollten sie sitzen und essen, wo sollten wir kochen? Alles Fragen, die sich der Verpächter nicht stellte, denn in der Küche, in der gerade die Schlitze für die neuen Elektroleitungen geschlagen wurden, stand noch ein versiffter und verfetteter Elektroherd und - das ist die Wahrheit! - er kochte darauf inmitten arbeitender Handwerker und all dem furchtbaren Dreck!

Hygiene, das erste Gebot der Gastronomie, er wusste wohl davon, aber nur vom Papier! Selbst die Handwerker, die beim Bücken ihren nackten Arsch präsentierten, in die Ecke rotzten und ihre Bierflaschen mit den Zähnen öffneten, selbst sie schüttelten den Kopf und ein Ekel huschte ihnen von ihrem beharrten Arsch bis hinauf zu ihrem verschwitzten und verdreckten Hemdkragen.

Es dauerte noch den einen oder anderen Tag, und schon waren wir, auch dank der Hilfe meiner Schwiegereltern, wieder im Zeitplan. Der Einbau der Küche begann. Die neue Theke kam und wurde eingebaut. Eine versiffte Ecke nach der anderen verschwand. Die Maler brauchten literweise Schimmelvernichter und Nikotin-abdecker. Keiner weiß, wann und mit was hier das letzte Mal gestrichen wurde. Aber wir hielten durch, und eine Tagschicht ging in die Nachtschicht über und wechselte erneut in eine Tagschicht - pausenlos.

Meine Frau ackerte wie ein Gaul. Sie strich, kehrte, putzte, überzog die Polster mit neuem Stoff, und sie fluchte immer wieder wie ein italienischer Puffbesitzer, wenn sie mal wieder eine neue „Ecke des Grauens" entdeckte. Es entstand die neue Ausgabe an der Theke, Schränke wurden montiert und gefüllt. Die ersten Vertreter kamen und priesen ihre Waren an – einige sehr nett und geschickt, andere eher ungeschickt. Das sind dann die, die mit verschwitzten Anzügen, Krawatte auf Halbmast und ihren „Alkinasen" vor dir stehen und meinen, jeder ist so blöd und versoffen wie sie. Würde mich nicht wundern, wenn deren Frauen einen anderen ficken, weil sie selbst keinen mehr hoch kriegen. Sollten sie in ihrem drittklassigen Kneipenzimmer mit ihren drei besten Freunden Jonny, Jim und Jack feiern und sich mit ihrem klebrigen Pornoheft „Hausfrauen mit riesen Möpsen" einen von der Palme wedeln. Wichser halt! Ich könnte kotzen, wenn ich mich daran erinnere, was die mir alles im Laufe der Jahre verkaufen wollten. Nichts gegen diese Zunft, es gibt wie gesagt sehr nette und kompetente Vertreter, oder „Mitarbeiter im Außendienst", wie sie ja lieber genannt werden. Eine der wenigen Ausnahmen, die ich namentlich nenne, war der Mitarbeiter der Brauerei Schneider Weiße, der leider viel zu früh von uns ging. Ein ehrlicher, netter und kompetenter Mensch. Was bleibt, ist die Erinnerung an ihn und die Leere, die keiner mehr füllen kann, nachdem er ging. Danke für die Hilfe!Wo wir gerade bei Asis, Alk' und Pornos sind ..., ich würde da gerne einige Gäste vorstellen, die noch einige Seiten füllen werden: die Roadies!

Die Roadies, wir nennen sie einfach mal so, sind eine Sippe, die aus allen Herren Länder zusammengewürfelt wurden, die aus hoch anständigen und gebildeten, aber auch aus den dümmsten und verficktesten Typen besteht. Sie erscheinen nur im Rudel, denken meistens ans Saufen und Vögeln und können einem ganz schön auf den Sack gehen. Warum ich gerade jetzt auf sie komme? Unser Verpächter „schoss" während den Renovierungsarbeiten um die Ecke – Moment, schoss? – okay – er kam um die Ecke, eingehüllt in diesen Geruch von hellem Bier und billigem Rasierwasser und überbrachte mir die Botschaft: >>Kein Heizöl mehr da, die oben müssen duschen<<! Was? Der will mich jetzt verarschen, dachte ich, ich sollte tanken? Jetzt?! – Kein heißes Wasser mehr zum Putzen? Er hatte „Gäste", die bereits *unser* Wasser, *unser* Heizöl, *unseren* Strom verbrauchten und er steckte die Kohle ein – so ein A …! Spätestens jetzt sollte mir klar werden, dass ich aufpassen musste, aber es ist blöd, wenn man einfach zu gutmütig ist.

Die neuen Sicherungskästen wurden montiert, die Leitungen gelegt ->>Vereinbarung: Kosten gehen halbe, halbe!<< Es wurde rausgerissen und eingebaut, die ersten „frischen" Lebensmittel kamen und die Kasse wurde programmiert! Ach! – fast vergessen, haben Sie schon einmal einen Menschen getroffen, über den Sie eigentlich schrecklich lachen mussten, der ihnen aber auch furchtbar leid tat?

His name is „Mr. Hasasepp", sorry jetzt wird's „dialektisch"! In der alten Küche stand noch ein gemauerter alter Wamsler Herd, das Ding hatte bestimmt noch irgendwo ein Hakenkreuz – er sollte raus! Froh um jede Aufgabe, bot sich Hasasepp an, mir zur Hand zu gehen. Stellen Sie sich einen 1,60 Meter großen Typen vor, eine Mischung von Urmel aus dem Eis und Quasimodo, rote Alkinase, versiffte Klamotten – arbeitete für ein Helles und eine Brotzeit, und er bügelte mit einem Vorschlaghammer und den Worten: „Na, du Sau, di krieg i au no kloi, nauf auf den Dreck" diesen Herd nieder, dass es nur so staubte. Stellen Sie sich Rumpelstilzchen auf Ecstasy vor, dann haben Sie mein Bild im Kopf! „Ach, wie gut dass niemand weiß, in meiner Rübe ist nur Scheiß".

Das Problem an meinem neuen Freund war nur, ihm zu erklären, was er alles kurz und klein schlagen konnte und was nicht. Der Typ hätte mir sonst die ganze Bude zerlegt – immer auf der Jagd nach dem nächsten Bier! Doch alles ging gut, und wir wurden pünktlich fertig.

Alles(?) war sauber, alles funktionierte, die Speisekarte war fertig, Lebensmittel vorbereitet, die Getränke gekühlt und die Eröffnungsanzeige in der Zeitung! Mein Personal bestand aus meiner Frau und ihrem Bruder, meinen Schwiegereltern und einer geldgeilen polnischen Putze, die sich gerne als „Küchenhilfe" bezeichnete und immer dachte, sie schmeißt den Laden alleine und ohne sie geht gar nichts.

Außerdem war sie noch da – groß, schlank und Titten aus Stahl, ihre Haare immer streng nach hinten gekämmt, die Bluse eng und immer zwei Knöpfe zu viel offen, der Blick aufs Wesentliche sollte durch nichts verdeckt werden. Das war eine, da brauchte der älteste Opa keinen Gehstock mehr – mit drei Beinen kippt man nicht. Immer schön weit vorbeugen, um den Herren am Stammtisch einen Einblick in die Welt ihrer Träume zu gewähren, die sie nie erreichen werden! Schon krass, wenn du vom Ausschnitt fast bis zum Bauchnabel schauen kannst – aber sehr Trinkgeld fördernd, da denkt auch der impotenteste Sack nur noch an das eine.

Die Roadies versuchten sie regelmäßig abzufüllen, wussten aber nicht, dass diese „kleine geile Sau", so hieß sie nämlich bei ihnen, saufen konnte wie eine Große! Aber in ihren feuchten Träumen und ihrem Rausch konnten sie sie in ihrer Fantasie wenigstens als Wichsvorlage nehmen. Da durften dann auch sie diese göttlichen Möpse in Händen halten. Das alles schuf ihr aber auch einen natürlichen Feind: meine Frau! Auch wenn sie das bis heute nicht zugibt, aber ein gewisser Anteil Eifersucht war wohl da, weshalb „Miss Turbomops" auch nur ein kurzes Gastspiel bei uns gab. Bei der Eröffnung war „Miss Turbomops" jedenfalls dabei und auch noch einige Wochen danach. Also lange genug, um noch die eine oder andere Zeile über sie zu schreiben.

Mein Personal

Gerade habe ich euch ja schon von meinem „Schnucki" erzählt, aber das war nicht mein einziges Personal Highlight. Nein, für Personal hatte ich immer ein gutes Händchen. Ich habe gezielt und bei vollem Bewusstsein immer diejenigen eingestellt, die mit 100 prozentiger Sicherheit entweder Dreck am Stecken hatten oder den IQ einer angefahrenen Nacktschnecke. Stellt sich die Frage, woher ich weiß wie intelligent eine Nacktschnecke ist. Fragt sie einfach das nächste Mal, wenn ihr mit eurer rostigen Gartenschere bewaffnet in den Garten geht, um sie zu jagen. Sind wir doch mal ganz ehrlich, von den Mitarbeitern die sich jahrelang in einem Betrieb abrackern, immer pünktlich sind, zuverlässig und nie krank, spricht niemand. Klar, man erwähnt sie positiv bei jeder Weihnachtsfeier, man klopft ihnen gelegentlich auf die Schulter und ist froh, dass man sie hat, aber das war's dann auch schon. Diese kleinen ausgeschämten Drecksäcke jedoch, die einem täglich den letzten Nerv rauben und denen auf die Stirn geschrieben steht: Ich bin ein Arsch, bitte behandle mich auch so! – das sind doch die, über die jeder spricht und eigentlich die „Macher". Ja Freunde, seht der Wahrheit in ihr trübes Auge, wer poppt die russische Spülfrau im Trockenlager? Der Blödmann mit den dicksten Eiern, einem „Ding" in der Hose wie Glockenschlegel, aber mit null Verstand. Heißt nicht umsonst: „dumm fickt gut" – klar, die Jungs nehmen den Spruch gerne für ihre nächtliche Beute. Aber wer ist denn hier wirklich der Dumme? Das Mädel mit der Zahnspange und der Pickelfresse, die ihre Strumpfhose herunterlässt und zum Knöchelwärmen nimmt, während sie auf irgendeinem Parkplatz durchgenudelt wird bis ihr schwindlig ist, oder der Typ, der Pickelfresse freiwillig mit auf den Parkplatz nimmt? Denkt mal nach.

Aber zurück zu meinem Personal.

Sie denken jetzt vielleicht: Klar, von den wirklich guten Mitarbeitern wird vielleicht nicht so viel gesprochen wie von den anderen und sie stehen auch nicht immer im Mittelpunkt des Geschehens, dafür haben die „Schlaubis" einen sicheren Arbeitsplatz und die Blödmänner eben nicht. Weit gefehlt, liebe Freunde, weit gefehlt ….

Ich hätte meinen Laden auch „Zentrales Auffanglager für die Idioten der Region" nennen können. Mit dem Unterpunkt: ,Wenn Sie nichts sind und nichts können, sind Sie bei uns genau richtig. Wir werden zwar vergeblich versuchen, Ihnen etwas beizubringen, aber wir akzeptieren auch Ihre Nullbockeinstellung und die gottgegebene Resistenz gegen jede Art menschlicher Intelligenz.' Manchmal hatte ich das Gefühl, dass das außerirdische Leben, nach dem viele forschten, genau hier bei mir Halt gemacht hat, und diese Aliens, mit denen ich arbeiten musste, nur aussahen wie normale Menschen. Sollte das wirklich so gewesen sein, kann ich euch alle beruhigen, die Weltherrschaft werden sie nicht übernehmen, dazu sind sie deutlich zu doof. Aber passt trotzdem auf, sie ernähren sich von euch – diese Blutsauger.

Da war zum Beispiel unsere russische Zauberfee. Dafür, dass sie dachte, „ohne mich nix Laden laufen, du geben mir mehr Geld" konnte sie nichts. Die arme Frau wurde mit dem sogenannten Dollar-Gen geboren. Aber sie machte ihre Arbeit, natürlich immer nur unter Protest. Es war halt einfach zu viel Arbeit, zu lang, man fing zu früh an und hörte zu spät auf, die Pausen waren zu kurz, die Kollegen zu langsam – Gott, die arme Frau!

Sie bekam einfach zu wenig Geld dafür, dass sie eigentlich alles alleine machte, aufgefressen vom Neid auf alles, was andere hatten, und beschäftigt mit dem Spinnen neuer Intrigen, war das auch ein echter Knochenjob. Aber sie schaffte es! Sie kämpfte und …, Leute ich weiß, welche Frage euch auf den Lippen brennt. JA, sie lebt noch! Sie hat bis zum Schluss durchgehalten, trotz dieser Hölle die sie durchlief, trotz der Qualen die sie durchlebte, die arme Frau hat ihren „400 Euro Minijob" überlebt. – Diese Kämpferin!

Aber sie lebte auch sehr gesund. Neben der meist sehr fettigen russischen Küche, quälte sie sich mein kostenloses Personalessen rein, nahm meist auch noch etwas mit nach Hause, und wenn sie mal auf Diät war, hat sie sich halt einfach ein Rinderfilet mitgenommen – natürlich ohne zu fragen! Warum auch? Kostet doch nix! Diese kleine …!

Bitte entschuldigt, ich habe nichts gegen unsere netten Mitbürger, die aus dem Osten zu uns kamen, aber diese Vorurteile gegen sie, ihr kennt sie alle, werden durch einzelne Personen dieser Spezies immer wieder bewahrheitet. Schade für alle, die ihren Job wirklich gut machen!

Natürlich hatte ich auch wirklich tolle Mitarbeiter, zuverlässig, pünktlich und ehrlich. Aber, wie vorher schon gesagt, ihr seht es jetzt selber, sie werden positiv erwähnt und an dieser Stelle auch noch einmal mit einem großen und ehrlichen DANKE bedacht, aber das war's. Sie waren halt da und sie haben funktioniert, man konnte sich auf sie verlassen und letztendlich haben sie den Laden geschmissen. Aber außer einem Danke ist nichts geblieben. Ich hoffe und wünsche ihnen für ihre Zukunft auch an dieser Stelle noch einmal alles Gute, einen fairen Chef, immer genügend Geld und möget ihr in Licht und Liebe leben. Außerdem natürlich geilen Sex bis ins hohe Alter haben – hätt' ich jetzt fast vergessen!

Jeder von euch, der täglich einer Arbeit nachgeht wie wir, wird sie wahrscheinlich kennen, denn es gibt sie in jedem noch so kleinen Betrieb: Die Arme der „fleißigen Ameisen"! In meinem Fall bestehend aus einer Ameise die Puperzen Jo genannt wurde. Für jeden der nicht weiß, was eine Puperze ist, das ist die waagrecht verlaufende Öffnung, die die Mitte des menschlichen Hinterteils, auch Arsch genannt, krönt. Manchmal wusste ich nicht, warum wir ihn so nannten. War es die überragende Intelligenz, oder war es die Fresse die immerzu sagte: Komm doch, bitte, hau mir eine rein! Vielleicht war es seine Art? Stellt euch ein Eichhörnchen beim Nüsse fressen vor, mit dicker Brille und die total versiffte Kochhose, immer 10 cm unterm Arsch, mit so einem Schmatz-Geräusch, wobei man nie weiß, lässt der gerade einen fahren, oder ist es der Bauchnabelschweiß der letzten Tage der in dieser haarigen Körpervertiefung so richtig „cremig" hin und her schlotzt. Sie finden das eklig? Stellen Sie sich mal vor, der zieht seine runter gerutschte Hose über den haarigen und verschwitzten Arsch, streift die

„Puperze", bohrt anschließend so einen grünen klebrigen Popel aus der Nase, und nachdem er selbst nicht mehr weiß woher dieser beißende Geruch kommt, dreht er den Finger noch so richtig schön durch den feuchten Bauchnabel, um dann an dieser feuchten Mischung nochmals zu riechen und dabei festzustellen: „Alles gut, riecht wie immer!". Aber - hey Leute! - keine Angst! Wir haben immer vorbildlich mit Hygienehandschuhen gearbeitet, kann also nichts passieren. Die hatte er dabei natürlich an!

Und – jetzt ein Bild im Kopf – gut! Diese kurz andauernde Diäteinheit kostet nichts extra. Aber probieren Sie es bitte nicht selbst aus, Sie wissen ja …, unser Ozonloch und so ....

Außerdem war da noch unser Purzel. Purzel war ein kleiner Bub, der nicht viel wusste und nicht viel konnte. Einer, bei dem ich sicher sein konnte, auch wenn ich ihm das Rezept 100 mal erklärt habe, es ihm 100 mal vorgekocht habe, er es 100 mal gegessen hat und ich ihm die ganze Scheiße dann noch in sein Laptop hämmere und ihm dieses verdammte Ding an seinem Hirn festgetackert habe, er kann es nicht! Er war einer der armen Kinder, die bei der Geburt nicht nur zweimal runtergefallen waren, sondern auch direkt zu heiß gebadet wurden. Er war ein gutmütiger Kerl, der alles machen wollte, aber halt nichts richtig konnte. Eben einer unserer modernen Play-Station-Generation. Das ist im Übrigen ein Mythos, der mich sehr fasziniert: Purzel konnte beim Arbeiten die einfachsten Abläufe von heute bis morgen nicht im Kopf behalten. Er kannte aber alle Computerspiele, wusste, *wie* sie gespielt werden, *wann* der Nachfolger herauskommt, *was* er kostet und *wo* es ihn gibt! Leider wahrscheinlich kein Einzelfall. Aber sehr fortschrittlich, nachdem die Menschheit bald ohnehin nur noch über Facebook miteinander spricht und uns zukünftig ein kompletter PC schon bei der Geburt als Chip implantiert wird.

Schade um Purzel eigentlich, denn sonst war's ein netter Kerl. Hilfsbereit, immer da, hat nie gejammert und sich nie beschwert. Wenn ich richtig überlege, war er auch nie krank, wenn man die Pornohefte unter seinem Bett nicht als Krankheit sieht. Trotzdem wäre es wahrscheinlich besser, er würde in Zukunft etwas anderes machen, etwas was seinem inneren Ich entspricht, etwas, das er perfekt kann und ihn mit Glück erfüllt, etwas, woran er täglich wachsen kann – Affenscheiße im Zoo wegräumen, oder so!

Sie fragen sich, woher ich weiß, was Purzel unter seinem Bettchen hatte? Leicht beantwortet. Purzel hatte bei uns im Laden ein Personalzimmer. Daher war ich ab und zu in der leidigen Situation, dieses Zimmer, das sich immer mehr in ein Rattenloch verwandelte, zu besuchen. Nicht, das ich jetzt direkt beim ersten Besuch des Zimmers auf die Knie viel und voller Eifer und unbändiger Geilheit Purzelchens Pornohefte suchte, nein, der Kerl hat mir das tolle Ding völlig freiwillig unter meine tränenden Augen gehalten. Statt Geilheit stellte sich bei mir allerdings eine gefühlt 10jährige Impotenz ein. Purzelchen liebte sein Heftchen halt – jeden Tag, ganz schmutzig und heftig und mindestens 30 Sekunden.

Wen man nicht vergessen darf, ist natürlich auch unsere „Mopsi". Mopsi hatte zwei riesige …, na ja Mopsis halt. Nicht, dass Sie jetzt denken, das wäre ein Auswahlkriterium gewesen. Um Gottes willen, niemals! Ich hab mich der Einfachheit halber immer nur für die „Dümmsten" entschieden. Aber - kein Scheiß! - gerade bei den älteren Herren kommen diese „Mopsis" immer sehr gut an. Vor allem dann, wenn die Trägerin gelernt hat, sie richtig einzusetzen. Mal ganz ehrlich: Natürlich habe auch ich so ein bisschen von diesem russischen Gen, wenn ich schon jeden Tag diesen Scheißjob mache, dann möchte ich auch richtig Kohle verdienen. Da ist es mir doch einfach mal scheißegal, ob die Alte ihren Typen am Abend mit dem Nudelholz niederknüppelt, weil er wieder mal ein Bierchen zu viel getrunken hat, Hauptsache, sie schlägt nur so fest zu, dass sich der Typ am nächsten Tag wieder in meine Kneipe schleppen kann – Mopsis gucken und Bier trinken.

Und, liebe Mädels, bitte nicht böse sein, aber so wie ihr lieber euren Cocktail schlürft, wenn er von einem gutaussehenden und gepflegten Muskelprotz serviert wird - am besten oben ohne - so gucken wir Jungs beim Feiern halt gern schöne straffe und wohlgeformte Möpse an. Appetit holen darf man sich, aber .... Sie kennen den Spruch. Ausgepackt wird dann zu Hause! Und Oma freut sich auch, wenn ihr Schorsch nach Hause kommt und sie direkt noch auf dem Küchentisch nagelt. 'Herr Doktor, ich hab Ischias – mein Mann hat mir das gemacht.' Ha ha, möchte nicht wissen, warum diese praktischen, abwischbaren Tischdecken tatsächlich auf so vielen Tischen liegen .... Bäh!! – und morgen steht dann wieder Gulasch drauf.

Mopsi war eine Liebe, so ein Schulmädchen-verschnitt, immer ruhig immer ein bisschen schüchtern, hat alles gemacht, war immer da, war fast nie krank und hat immer versucht ihr Bestes zu geben. Aber genau das machte so manchen Gast „spitz". Möchte nicht wissen, wie oft die Kleine nach Feierabend nicht nach Hause ging, sondern zu unseren Roadies aufs Zimmer. Sie finden es verwerflich von mir, dass ich das zuließ? Ne, erstens war sie volljährig, zweitens hatte sie Feierabend und drittens konnte ich nix dafür, wenn die Kleine ihre Mopsis auch gerne mal auspackte. Außerdem war sie dann am nächsten Tag wenigstens pünktlich bei der Arbeit, frisch gevögelt und geduscht, das gibt Motivation für den ganzen Tag.

Natürlich hatte ich auch „Sklaven", man sagt wohl auch Azubis dazu. Der eine war so ein charmanter Südländer, so einer, der klaut dir dein Auto und du kannst ihm nicht böse sein. Ein Super-Mitarbeiter, obwohl er noch in der Ausbildung war. Aber wenn der liebe Gott außer Adam und Eva auch noch ein Arschloch erschuf, dann hat dieses Prachtstück bis heute überlebt. Der Typ war immer auf Konfrontation aus, versuchte ständig eine kleine Revolte anzuzetteln und meinte, er sei der geilste Typ unter der Sonne. Vielleicht war er es ja? Manchmal denk ich mir, wenn du so ein richtiges Arschloch bist und dir wirklich alles scheißegal ist, dann lebt man doch leichter. So ein Leben ohne schlechtes Gewissen, ohne sich über die Gefühle der anderen Gedanken zu machen, eigentlich ziemlich armselig, aber eben sehr leicht. Wir nennen diesen Azubi mal „Rotzi" von Schmarotzer. Der kam tatsächlich mal besoffen zur Arbeit und kotzte mir fast über die Füße. Abmahnung? – weit gefehlt! Der konnte das immer so hindrehen, dass ihm anschließend niemand mehr böse war. Nein, man bedauerte ihn sogar, den Armen. Selbst meine Frau, die zugegeben eine hervorragende Menschenkenntnis hatte, ergriff immer wieder Partei für diesen Rotzlöffel. Der konnte dir seine eigene Oma verkaufen, und du hast ihm die Kohle gegeben und dann noch gesagt, er kann die Alte behalten. Beneidenswert, ein echter Lebenskünstler halt.

Sein Kollege, wir nennen ihn „Bubi", war und ist wahrscheinlich immer noch Muttis Bester. Ein Bub, wie man sich ihn wünscht: groß schlank und immer frisch gekämmt, hat immer einen sauberen Popo, weil Mutti hat den Arsch in der Früh ja noch selbst gewischt. Wusste sich immer gepflegt auszudrücken und sich gut zu verkaufen, hätte Autohändler werden sollen. Er machte alles, er konnte und lernte alles. Aber er machte es auf seine Art, und die war nun mal langsam. Sehr langsam! Wenn Omis Rollator kaputt war und sie sich das Ding auf den Rücken schnallte, anschließend mit zwei Gehstöcken und High Heels auf fettigem Boden durch die Küche huschte, überholte sie „Bubi" auf alle Fälle im Endspurt. Na ja, es gibt halt welche, die sind nicht schnell und andere sind noch langsamer.

Jetzt stellen Sie sich dieses Team mal in Aktion vor.

Ergänzt wurde dieses Dreamteam von unserer Spülfee. Die war geklont. Ein Experiment der NASA wahrscheinlich. So eine Mischung aus ein bisschen Gartenzwerg, ein bisschen Terminator und wahrscheinlich noch ein bisschen „Strickliesl". Operationen gelungen, Patient to(b)t. Aber alle

Achtung! Die Lady war gefühlte 180 Jahre alt und sah auch so aus. Ja, es gibt Gartenzwerge mit Falten. Trotzdem hatte sie die Power einer 20-Jährigen. Was sie an Arbeit stemmte, das bewunderte sogar ich. Besonders *ich*! Denn durch sie sparte ich mir das Geld für eine Spülmaschine. Warum sollte ich das auch investieren? Ich hatte ja eine! Meine hatte sogar Füße und war wartungsfrei. Obwohl …, nicht ganz! Ich glaube zwar, sie hätte sogar umsonst gearbeitet, doch sie verlangte etwas anderes: Sie wollte LOB! Man musste die gute Frau den ganzen Tag loben, ach, wie toll und so schnell, ja, klar ist es sauber, nein, keiner kann so wie sie, super gemacht! … bäh! wie nervig und anstrengend! - ich könnt' jetzt noch kotzten. Aber sie funktionierte! Vorwäsche – Hauptwäsche und Trocknen, und – cool! – sie hatte noch ein „Aufräumen und Bodenputzen"-Programm.

Sollte die Gute irgendwann das Zeitliche segnen, was hoffentlich noch lange nicht der Fall ist, denn auch ihr wünsche ich ein erfülltes langes Leben, dann sollte sie anstatt dem letzten Segen ein paar schmutzige Teller mit ins Grab bekommen. Ich bin mir sicher, die machen ihr Freude. Dazu vielleicht ein Tonband mit Endlosschleife – ‚Gut gemacht, super, ja, klar du bist auch jetzt noch die Schnellste und, nein, niemand ist so toll wie du …!'

Gekrönt wurde dieser Mitarbeiterstab des Jahrhunderts noch von einigen wirklich fähigen und guten Aushilfen. Ein buntes Völkchen aus Studenten, Hausfrauen, Nebenjobblern und Psychopathen. Ich bitte um Entschuldigung, aber wenn eine durchaus intelligente, junge und attraktive Servicekraft vor Ihnen steht, Sie anlächelt, nachdem sie sich den Knöchel auf der Küchenglocke wund geschlagen habt, weil das Essen fertig ist, und Ihnen erklärt: „War noch schnell Pipi" – und Ihnen dann ein merkwürdiger Bändel am Rücken der Mitarbeiterin auffällt, auf den sie die junge Frau umgehend hinweisen und sich dann herausstellt, dass das ihr Mops-Gurt ist, der sich zufällig gelöst hat und mal an die frische Luft wollte ..., was würden Sie sagen? Frage eins: Wie geht die Alte pissen? Zweite Frage, und die beschäftigt mich schon länger: Warum glauben alle Frauen, sie müssten einen BH tragen? Es gibt die Mädels, die einen wohlgeformten und straffen Busen haben. Der sieht in der offenen Bluse ein bisschen aus wie ein zweiter Arsch. Aber okay, diese Pracht zu verhüllen ist erlaubt. Alles, was noch mehr ist, auch wenn die Schwerkraft die Form vorgibt ist auch erlaubt. Aber warum glaubte diese nette Mitarbeiterin, einen BH tragen zu müssen? Da war nämlich nichts zum festschnallen, wenn's dem Mädel kalt war, waren die Nippel größer als die ganze Brust – ich werde es nie verstehen. Aber uns Jungs verurteilen, wenn wir immer davon ausgehen, dass wir von Geburt an 20 cm haben, natürlich im Ruhezustand.

Hin und wieder meldeten sich auch freiwillig Praktikanten zum freiwilligen Missbrauchen an. Ich möchte das Klischee nicht erfüllen und es waren wirklich tolle und fähige Leute dabei, aber es gibt welche, die wollen und müssen einfach verarscht und ausgenutzt werden. Die kommen mit so einer Hochnäsigkeit und Selbstverständlichkeit in deinen Laden, ohne Erziehung, Null Anstand, nur eine große Schnauze …. Klar, die hab ich auch, ist auch okay, wenn man sie sich verdient hat und was dahinter steht, aber bei diesen Kanalratten, die sich manchmal als Praktikanten bei uns einbrachten, war wohl jede Hoffnung vergebens. Der eine kommt, ist zu blöd, eine Zwiebel zu schälen, aber säuft mir in drei Tagen vier Kisten Spezi leer. „Darf ich zu Hause nicht trinken" …, was kann *ich* denn dafür, dass Mami ihrem 'Mops auf Samtpfötchen' keinen Zucker zu saufen gibt? Der nächste erklärt mir, er hat schon mal ein Praktikum als Metzger gemacht. Auf die Frage, warum er jetzt Koch lernen will, sagt diese Pfeife mir, ist wärmer und es gibt immer was zum Essen. Das war übrigens der, der jedes Mal nachdem er aus dem Kühlhaus kam seine Gichtgriffel - >>Übersetzung: zarte und wohlgepflegte Hände<<, über meine Grillplatte hielt, weil es ihn fröstelte. Ist gelaufen, als hätte er eine

Banane im Arsch und ständig einen blöden Spruch auf den Lippen. Was sollte ich da machen? Einäschern war zu früh, in der Fritteuse war kein Platz. Ich hätte ihn mit Fed Ex nach China schicken können, aber die Gefahr, dass dann auch noch die letzten Pandas aussterben, war mir zu groß. Vielleicht nach Australien, da hätte ihm dann ein freundliches Känguruh mal so richtig aufs Maul hauen können.

Der Grund, warum uns diese unentbehrliche Arbeitskraft nun letztendlich verlassen musste, war folgender: Wir saßen an irgendeinem Morgen gemeinsam beim Frühstücken. Das taten wir vor stressigen Tagen öfter, und obwohl ich ein absolut unmenschlicher und verachtungswürdiger Chef gewesen bin, war dieses Frühstück, genauso wie das Mittag- und Abendessen, für unsere Mitarbeiter kostenlos. Übrigens auch alle Getränke. Jedenfalls saßen wir beim Frühstück und genossen die Ruhe vor dem Sturm. Plötzlich griff diese 'Krankheit' um sich und steckte in Sekunden alle an. Es handelt sich um eine Art Seuche und nennt sich „Handyspieling". Sehr gut auch an Bushaltestellen, in Klassenzimmern oder im Urlaub am Strand zu beobachten. Der Kleine holte also sein Handy aus der Tasche und meinte er müsse uns unbedingt ein Bild zeigen, das er letzte Nacht gemacht hat. Das da nichts Vernünftiges kommen konnte, war mir klar, dass dieser Hirnakrobat uns aber die Nahaufnahme der Muschi seiner Fickfreundin zeigte, darauf war noch nicht einmal ich gefasst. Hätte er das haarig, feuchte Spaßbild dieser Elefantenkuh nur uns Küchenjungs gezeigt, hätte ich's ja vielleicht noch verstanden, aber unseren Mädels? Deren Gesichtsfarbe wechselte von Kreideweiß zu Feuerrot und wieder zurück. Nach einem ernsten Gespräch, dass man so eine Alte nicht vögelt und dabei schon gar keine Beweisfotos macht, die man dann stolz in die Menge hält, haben wir uns voneinander verabschiedet – OHNE uns die Hand zu geben. Sie sehen, es war ein buntes Völkchen, welches ich da beschäftigt habe. Ich glaube, in der Gastronomie ist das normal, ist einfach ein Job, den jeder machen kann, nicht unbedingt machen soll, aber kann. Und so treffen sich hier eben die Schönen und Intelligenten mit denen, die gerne auch mal ein Foto von einer Muschi in die Menge halten. Selbst Zwerg Nase hat schon mal bei mir gearbeitet, war eigentlich eine ganz nette. Wenn sie aufrecht stand, konnte sie ihre Nase in meinen Bauchnabel stecken, aber sonst …. Sie wäre fast erstickt beim Versuch einen Müllbeutel in die Tonne zu tun, meinte, sie fühlt sich wie Alice im Wunderland, weil hier alles so groß sei. Klar Baby – hier ist alles groß!

Sie ging so schnell, wie sie ihre kleinen Zwergen Füße tragen konnten. Irgendwann hatte ich einmal die Eingebung, mir eine Reinigungskraft für die aktuelle Saison aus Kroatien zu 'importieren'. Aus Kroatien wurde Polen, aus den beiden Schwestern eine Tussi, die ihren Stecher mitbringen wollte. Erschien mir vernünftig, eine Reinigungskraft und Zimmermädchen plus Hausmeister für die Saisonmonate ..., besser konnte es nicht laufen. Sie wohnten in der Personalwohnung, schliefen in meinem Bettchen und aßen von meinem Tischchen mit meinem Löffelchen. Sie nahmen mein Geld und arbeiteten, so gut sie konnten, das heißt: eigentlich fast gar nicht! Für die beiden war das mehr ein bezahlter Erholungsurlaub, bei dem man sich zusammenklauen konnte, was man findet und sich dann bei Nacht und Nebel aus dem Staub macht. Klasse Freunde! Und ihr wollt in die EU – ich freu mich schon ....

Trotzdem bin ich froh dass ich sie alle hatte, bis auf einige Ausnahmen natürlich. Sie hielten, wenn auch nicht immer freiwillig, den Laden am Laufen. Es gab schlechte Tage, aber auch richtig beschissene und ich möchte keinen einzigen dieser Tage missen - heute nicht mehr.

Egal, was Sie jetzt über „meine" Jungs und Mädels denken, die meiste Zeit waren es fleißige Bienchen. Sie hatten es auch nicht immer leicht, denn sind Sie mal wirklich ehrlich mit sich selbst: Glauben Sie wirklich, es gibt nur nette und sympathische Gäste, die immer wissen was sie wollen, die immer freundlich sind, immer lächeln und gerne ein bisschen Trinkgeld geben? Weit gefehlt, meine Freunde, natürlich gibt es die Spezies „Lieblingsgast" und wie immer im Leben, auch die andere Seite, genannt „Kotzbrocken-Gast". Jetzt sagt mal ehrlich, wovon glaubt ihr, gibt es mehr? Genau, … wie recht ihr habt!

Unsere Gäste

Zuerst sollte ich mal etwas klarstellen: Es gibt in wenig Berufen so viele Choleriker oder Alkoholiker, wie in dem des Kochs. Warum das so ist, kann ich euch leicht erklären. Das Bild, welches die Medien vom Beruf des Kochs zeichnen, ist schlichtweg ein einziger Mist. Wir stehen nicht mit unserer strahlend weißen Kochjacke in der Küche und haben hundert toll vorbereitete Schälchen aus denen wir mit Hokuspokus, Rauch, Feuer und einem Trommelwirbel die tollsten Gerichte zaubern. Es kommt auch in den seltensten Fällen eine schlanke und wohlgeformte Skandinavierin mit langer blonder Mähne und den perfekten Maßen in die Küche und flüstert dir ins Ohr: „Ich trag' noch schnell das Essen weg, kassier' ab und wenn es dir dann nichts macht, vielleicht könntest du mich flachlegen?!" Nein Freunde!

Die meiste Zeit stehst du bei gefühlten 50°C in der Küche, schwitzt wie ein Schwein, deine Kochjacke sieht aus wie die aktuelle Tageskarte und gerade dann, wenn du dir mit deinem Team Gedanken gemacht hast, wie du den Scheißtag organisierst, kommt irgendeine Horrormeldung. Entweder kommt zu der Zweihundertfuffzig-Personen-Hochzeit noch mal kurz ein Bus mit sechzig neuen Gästen, oder wir machen mal schnell den Biergarten auf, weil es hat ja gerade heute 30°C und jeder will raus. Klar, Sie sagen jetzt, der soll doch die Klappe halten, will er jetzt Geld verdienen oder nicht! Ja klar, möchte ich wohl, aber ich würde gerne auch noch den Tag erleben, an dem ich anfange, es auszugeben. Es war immer meine Philosophie: Du kannst nur Geld verdienen, wenn du nicht nur eine gute, sondern eine perfekte Qualität anbietest und das kann man nur, wenn man wirklich mit Saisonprodukten täglich frisch und kreativ kocht. Außerdem bin ich der Meinung, dass wir uns ohnehin zu einer hektisch essenden Fast-Food-Gesellschaft entwickeln, oder nehmen Sie sich täglich die Zeit wirklich mit Spaß frisch zu kochen und mit Ruhe und Genuss zu essen? Manchmal bewundere ich da unsere südländischen Nachbarn, die ihre täglichen Mahlzeiten nicht nur genießen, sondern geradezu zelebrieren. Wir sollten uns zumindest davon ein Scheibchen abschneiden. Es gibt doch nun wirklich nichts Schöneres, als mit der Familie oder guten Freunden bei einem gemütlichen Essen zu sitzen, kulinarische Highlights zu genießen, eine gute Flasche Rotwein und ein tolles Gespräch zu haben, vielleicht ein paar Kerzen und im Hintergrund leiser Musik zu lauschen.

Es ist die verdammte Pflicht jedes Gastronomen, der etwas auf sich hält, jedem Gast das Gefühl zu vermitteln, er ist der Wichtigste und ihm die höchstmögliche Qualität an Speisen und Getränken zu bieten, die möglich ist. Nein, das geht nicht nur in irgendwelchen Edelschuppen, in denen der Besitzer einen Stern hat und schon deshalb alles dreimal so teuer ist wie üblich, das geht auch in einem ganz normalen Lokal auf dem Land, ich habe es jahrelang bewiesen. Diejenigen, die jetzt noch behaupten, der spinnt, das ist nicht möglich, dem sage ich hier, er ist einfach zu blöd und zu faul, es wirklich herauszufinden!

Aber gerade dann ist es so, dass jeder Tag in der Küche sich anfühlt, wie ein Gang auf dem Drahtseil in einhundert Metern Höhe. Jeder Gast, der kommt, möchte gleich behandelt werden, jeder will die gleiche Qualität, jeder die gleich nette Bedienung. Nett, freundlich, schnell und gut duftend, auch nach zehn Stunden Arbeit und vielleicht zehn zurückgelegten Kilometern, meistens mit einem zusätzlichen Gewicht von fünf bis zehn Kilo in Form von Tellern, Besteck, Essen und Getränken. Jeder möchte seinen Sonderwunsch erfüllt wissen und vor allem möchte niemand warten. Die Kinder erwarten ihr Essen immer als erstes, und jeder möchte den perfekten

Tisch, auf dem nach Möglichkeit die Getränke stehen, wenn der Gast sich setzt. Oder? Eine Menüabsprache ohne Termin? Selbstverständlich! Was? Zwanzig Radfahrer auf dem Weg hierher? Und sie haben nicht viel Zeit? Gerne, wir bemühen uns selbstverständlich.

Ja, Freunde, und jetzt denkt nochmal nach, findet ihr das ist übertrieben? Trotzdem müssen wir mit möglichst wenig Personal arbeiten, wenn die Preise für euer Schnitzel nicht explodieren sollen. Außerdem stehen die Jungs und Mädels oftmals zwölf und mehr Stunden im Laden und warten auch gerne nachts um 1 Uhr noch, bis der letzte Gast am Stammtisch sein Bierchen „leergeschlutzt" hat.

Natürlich kennen Sie das Gefühl nicht, wenn man in der Küche stehst, einem der Schweiß in die Arschritze läuft und man nicht mehr weiß, was man zuerst machen soll, weil man seit zehn Stunden Gas gibt und kocht wie der Teufel persönlich. Aber jetzt verstehen Sie vielleicht besser, warum ich von diesen feinen Koch-sendungen im Fernsehen meistens nicht sehr viel halte. Natürlich sind sie sehr unterhaltsam, aber weit entfernt von der Realität. Außerdem funktionieren die Rezepte meist nicht, was man schon beim Zuschauen erkennt, wenn man ein bisschen Ahnung hat. Warum der eine oder andere in unserem Beruf versucht, den Stress mit Alkohol zu bekämpfen, liegt, denke ich, auch auf der Hand, da man ja direkt an der Quelle arbeitet. Trotzdem, und das ist sehr wichtig, behaupte ich immer noch, es ist der geilste Beruf, den es gibt. Also, werde Koch und fühlt es selbst!

Das alles war bei uns nicht der Fall, weder war, oder bin ich Alkoholiker und cholerisch war ich auch nie. Doch trotzdem wäre der Job sehr oft schöner, wenn die Gäste die uns besuchen ein bisschen mehr Verständnis hätten. Du rastest als Koch schon gerne mal aus, wenn wieder so ein verwirrter Vegetarier kommt, dem der Maiskolben schon aus den Ohren wächst und der auf der extra für ihn zusammengestellten Sonderkarte nichts findet und meint, er müsse sein Gericht selbst zusammenstellen. Dazu benötigt er natürlich eine fachmännische Beratung von seiner Bedienung, die für ihn alle anderen Gäste links liegen lässt. Selbstverständlich ist, dass wir das „Breichen", welches sich dieser Grasfresser wünscht, frisch für ihn zubereiten und sollte es nicht cremig genug sein rotzen wir zur zusätzlichen Bindung auch gerne noch rein.

Zu meinen absoluten Lieblingen gehören auch die „Um-Besteller". Es gibt wirklich Idioten, die sich ein paniertes Schnitzel, ohne Panade mit Rahmsoße und Spätzle wünschen. Wenn dann unsere Bedienung freundlich darauf hinweist, dass er sich doch ein Rahmschnitzel bestellen solle, denn das wäre genau das, was er möchte und sogar noch günstiger, dann würde der Typ lieber Amok laufen, als ihr recht zu geben.

Jeder von Ihnen, der gerne Steaks isst, kennt das Gefühl: Man hat das perfekte Stück Fleisch gekauft, es von Fett und Sehnen befreit und lange genug reifen lassen, damit es auch wirklich butterweich wird. Medium gebraten mit einer feinen Pfefferbutter, Baguette und Salat. Ein Hochgenuss! Doch dann kommt der Gast: „Ich möchte mein Steak bitte ganz durch, ich kann kein Blut sehen." – Arschloch. Wenn er das will, soll er an den Baggersee fahren und in ein Stück Treibholz beißen, von mir aus kann er sich die Butter auch auf seine Schuhsohle schmieren und die auffressen. Das, was da rausläuft, ist außerdem kein Blut, sondern feiner Fleischsaft, der sorgt dafür, dass dieses edle Stückchen Fleisch, für das ein Tier sein Leben ließ, saftig bleibt. Würde so manches Rind wissen, was mit seinen „Steaks" passiert, würde es als Geist zurückkommen, einmal laut muhen und euch auf den Teller kotzen. Mit freundlichen Grüßen „Ihr Rindvieh"!

Hat doch tatsächlich mal einer gedacht, er kann mich verarschen! Kommt, führt sich auf wie eine offene Hose: falscher Tisch, zu sonnig, zu kühl, seine Lieblingsbedienung „Mopsi" war nicht da und er musste „Schneewittchen" auf die nicht vorhandenen Möpse starren. Dann bestellt der sich einen Zwiebelrostbraten mit Beilage, frisst das Ding komplett auf und beschwert sich dann, es sei zäh und nicht gut gewesen. Er bezahle das nicht! So ein ..., und wenn ich ihm selbst in seine „verwichste" Hosentasche greife, um die letzten Cents rauszuholen, aber er wird bezahlen!

Kein Problem, wenn einmal etwas nicht passt, auch wir sind nur Menschen und machen Fehler, aber dann soll der geschätzte Gast doch gleich s'Maul aufmachen und sagen. Dann bekommt er das Ganze noch einmal, und alle sind glücklich! Aber so ...?

Besonders gefreut haben sich unsere Mädels im Service natürlich immer dann, wenn entweder nette Stammgäste kamen, von denen man schon vorher wusste, es gibt ein gutes Trinkgeld, oder mal was besonders Hübsches zum dahinschmachten. Dann wird die Frisur nochmal gecheckt, der Mops neu platziert, die Spitzen des BH erblicken das Tageslicht, der oberste Knopf der Bluse ist zufällig aufgegangen und: „Ach, der blöde Rock rutscht heut' immer hoch, ich weiß gar nicht...!"

Es gibt aber auch die, die sich irgendwann einmal eine ganz besondere Ehre verdient haben, nämlich einen Spitznamen. Wir hatten Mozilla, Hasi und Mausi, aber wir hatten auch ihn: „Zipfelklatscher". Jetzt raten Sie mal, wie man zu so einem Namen kommt? Ich versuche es jetzt mal freundlich zu erklären. Der nette und schon etwas ältere Herr besuchte uns gerne in den Sommermonaten, dann aber auch in kurzen Sporthosen von „adidas". In Momenten, in denen auch bei uns einmal Ruhe einkehrt, hörte man beim Laufen des Herrn ein deutliches „Klatsch-Geräusch". Dieses entstand, weil sich das wohl sehr große und etwas feuchte Geschlechtsteil des Herrn mit dem Oberschenkel um etwas mehr Platz beim Gehen gestritten hat. Da unsere Mädels das Geräusch von verschiedenen Sexstellungen, die sie praktizierten, sehr gut kannten, bekam dieser besondere Gast diesen besonderen Namen. Und es machte Spaß! „Der Wurstsalat für 'n Klatscher ist fertig!" Juhu! – Ich sag's ja, der Job ist geil!

In den Jahren kamen und gingen viele, wir hatten eine Unzahl an Veranstaltungen und Events. Wir machten Caterings für eine Dame, die ihren wirklich wunderschönen Garten mit Sand aufgefüllt hatte. Motto: „Tausend und eine Nacht", alle kamen in Schleier gehüllt, es wurden Wüstenzelte aufgebaut und ein lebendes Kamel als Deko an den Zaun gebunden. Das alles wäre noch gar nicht so schlimm, aber der einzige Zugang in den Garten führte durch die Wohnung und über den edlen Marmorboden. Sand, Kamel … - lief durch Ihr Wohnzimmer schon mal ein Kamel? Wir haben Feuerwerke erlebt, gelungene Feiern und welche an denen das Geburtstagskind am liebsten gar nicht gekommen wäre, denn nicht jeder mag den 30. gerne feiern. Wir hatten Events mitten im Wald und Abi-Bälle mit 500 und mehr Personen in einer Turnhalle. Ich glaube, ich habe schon fast überall und für beinah jeden Anlass gekocht.

Schön ist natürlich auch, zu sehen, was für Gäste sich die Veranstalter einladen. Am besten gefallen hat mir „Der tolle Manni", ein Alleinunterhalter, der sein Geld damit verdiente Luftballons aufzublasen, blöde Sprüche zu reißen und zweitklassige Musik aufzulegen. Einer dieser Typen die aus ihrem Kommunionsanzug niemals herauswachsen. Stellen Sie sich bitte einen Typen mit fettigem Seitenscheitel, hellblauem Anzug und einem rosafarbenen Glitter-Hemd mit diesem viel zu großen Kragen aus den 70ern vor. Okay, okay, ich sehe ein und finde es großartig, das Sie noch nicht so negativ und versaut denken wie ich, aber nein, es war nicht sein „Kostüm", leider war sein gewähltes Outfit Absicht und sein voller Ernst. Aber nicht genug, ich möchte mich mit dieser Frage an die Damen unter Ihnen wenden: Hat Ihr Mann schon mal eine viel zu kleine Unterhose getragen? Eine, wo sein „Gemächt", das Manni wohl eher nicht hatte, rechts und links herausquoll und durch den Druck auf die wertvollsten Stellen für eine leicht piepsige Stimme sorgte? Ein bisschen so wie ein Hamster dem man gerade das

Fell rasiert. Genau das war „unser" Manni, bewundernswert nur, dass er vor Selbstbewusstsein strotzte. Und dann versuchte der Typ doch echt, sich an unsere Miss mit den „Stahlmöpsen" ranzumachen. Sie erinnern sich, diejenige, die sehr schnell von meiner Frau in die Wüste geschickt wurde. Zu diesem Zeitpunkt war sie aber noch da und der „tolle Manni" baggerte, was das Zeug hielt. „Die Engel weinen, weil du vom Himmel gefallen bist", denkt der wirklich mit solchem „Klamauk" kann man auch nur eine „Schnecke" klarmachen? Natürlich nicht und schon gar nicht unsere Miss „Stahlmops". Das Einzige, was er damit bewirkte war wohl, das die Kleine zum allerersten Mal die Knöpfe ihrer Bluse bis oben zuknöpfte. Ein Wunder, dass die Dinger gehalten haben und ein Kompliment an den Hersteller. Das war wohl der ultimative Härtetest für Knopf, Faden und Material. Ich bin eigentlich ein lieber Kerl, aber den hätte ich am liebsten mit einem Fleischerhacken in meinen Tiefkühler aufgehängt – dann wäre er zwangsläufig „Ganzkörpersteif" geworden. „Steif" mal eine völlig neue Erfahrung für unseren Musikus, aber man sagt so manchem ja auch nach, der steht immer und ist zu kurz zum Hängen. Auch das würde wohl ganz gut passen. Die Gäste waren schon lange nach Hause gegangen, wir waren voll mit dem Aufräumen zugange, Samstagnacht gegen 2 Uhr. Glauben Sie, der hätte seinen Mist zusammengepackt und endlich die Segel gestrichen? Nein, der stand nur da und hat in seinen Hemdkragen gesabbert. Möchte nicht wissen, was der als erstes gemacht hat, als er dann doch zu Hause war, irgendwann, nach gefühlten 1000 Sprüchen und „Ach, dein Haar glänzt so toll" und „Dein Dekolleté kann sich wirklich sehen lassen", „Welchen Sport wirst du wohl treiben, bei dem knackigen Po", haben wir seinen Po inklusive seiner tollen Musikanlage vor die Tür gesetzt. Hoffentlich hat er sich seinen Po nicht verkühlt. Ach, mein lieber Manni, an dieser Stelle lass dir gesagt sein: Welchen Sport sie treibt, weiß ich auch nicht. Aber mit wem sie's sicherlich nie treibt, weiß ich genau. Mach' einfach einen Knoten rein, und tröste dich, denn es geht mehreren so! Und trotzdem glaube ich, er hatte einen „Spritzer" in der Hose, als er nach Hause ging.

Ein weiteres Highlight einer anderen Feierlichkeit war die gute bayerische „Blechmusik". Da sitzen 50 Personen in einem Raum, dann drängeln sich da, überraschend die „Hinterdupfinger Musikanten" hinein, bauen sich auf und legen los, der arme 80-jährige Opa, der Geburtstag hatte, war ja schließlich langjähriges Mitglied. Die Gläser hüpften im Regal, und man hatte das Gefühl die Erde würde beben. Tinnitus lässt grüßen! Da überlegte ich mir, wie die Jungs und Mädels selbst das wohl aushielten? Aber die hatten bereits vor ihrem grandiosen Spiel jeder zwei schnelle Obstler intus. Ich versuchte das anschließend auch, doch zu diesem schrecklich lauten und unangenehmen Humdada Humdada kam jetzt noch das Gezeter meiner Frau, die mich wegen dieser zwei kleinen Schnäpschen in Grund und Boden schimpfte. Für mich unvorstellbar, aber es gab tatsächlich den einen oder anderen Gast der diese Vorstellung mit wildem Schunkeln sichtlich genoss. Doch eine Frage bleibt, wollten sie Opa durch diesen Krach möglichst schnell beerben, oder war die Absicht eher, ihn bei diesem wilden Geschunkel zu zerdrücken? Beides jedenfalls kein angenehmer Abgang! Nachdem Opa seine Dritten dann wieder sortiert hatte die ihm bei diesem wilden Blechgedudel und Geschunkel ins Glas geflutscht waren, und der Gehstock wieder entknotet war, hätte an dem Abend ein eventuell anwesender HNO-Arzt wohl ein gutes Geld verdienen können. Zumindest bei mir und meinen Mädels und Jungs. Als ich dann nach einem tiefen Schnaufen zu ihnen sagte: „Jetzt haben wir's überstanden", antworten die Idioten doch tatsächlich: „Ach Chef, Ihr Geschrei ist oftmals schlimmer und lauter. War doch ganz nett und Opa hat es bestimmt gefallen." In diesem Moment kam mir spontan ein Massengrab beim Hühnerstall in den Sinn. Aber, egal! - raten Sie mal, wer an diesem Abend noch alle Kühlhäuser und die

Fliesen in der Küche geputzt hat? Waren eben schmutzig!

Wen man an dieser Stelle natürlich nicht vergessen darf sind unsere „Roadies". Eigentlich war es ja ein ganz nettes Völkchen, aber irgendwie auch sehr eigen. Da war zum Beispiel Hermann, der eines Tages bepackt mit einem kleinen Spielzeug-Arztköfferchen und einem Handtuch, locker über die Schulter geworfen, das Haus verließ. Die Gedanken sind frei, aber was wir dachten, war nicht annähernd die Wahrheit. Als er zurückkam, stellten wir ihn zur Rede und er erklärte völlig ohne Skrupel: „Ich war im Puff bei Susanne, die macht's mir besonders gut und die steht total auf Doktorspiele". Dann machte der Typ den Koffer auf und kramte einen grünen OP Kittel, einen Dildo und Arztspielzeug raus, und das alles an der Theke im Lokal! Eine sehr unangenehme Vorstellung! Da saßen Gäste, die wurden immer blasser, aber das störte unseren Hermann nicht. Der erzählte in aller Ruhe und Ausführlichkeit, wie er es Susanne besorgt hatte.

Aus den Augenwinkeln heraus nahm ich eine völlig fassungslose Mami wahr, die krampfhaft versuchte, ihrem Knirps die Augen zuzuhalten und dabei nicht bemerkte wie ihr Mann das Schauspiel und Hermanns Ausführungen sichtlich genoss. Ja ja, meine Liebe auch du wirst bald mit Schwesternhäubchen in eurem Schlafzimmer stehen, dachte ich in dem Moment. Und die einzigen, die so überhaupt nicht empörten, waren meine Jungs vom Stammtisch gewesen. Für die hätte das ganze wohl noch eine ganze Weile länger gehen können.

Meine Frau zupfte mich die ganze Zeit an meiner Kochjacke und wollte mir damit wohl mitteilen, dass sie von seinen Ausführungen peinlich berührt war. Ganz ehrlich, jetzt bin ich doch nun wirklich einiges gewohnt, aber das, was der Junge von sich gab ..., Halleluja! ..., da wurde es sogar mir warm.

Natürlich ratterte es in meinem „Oberstübchen" ganz wild, und ich überlegte angestrengt, was ich gegen Hermann unternehmen konnte. Aber stellen Sie sich mal einem hundertzwanzig Kilo schweren Koloss in den Weg, wenn der richtig losgelegt hat. Meine Frau schob ihm schon ein gratis Bier hinüber, wahrscheinlich dachte sie, dass er dann endlich die Klappe hält. Aber das Vögeln hatte ihn durstig gemacht, und wir waren froh darüber, dass er das Glas nicht gleich mit verschluckte. Ich mochte gar nicht dran denken, was wäre, wenn der eine Mund zu Mund Beatmung gebraucht hätte!?

Als ich sah, dass Mutti mit ihrem Spross am Nebentisch kurz vor einem Kollaps stand, musste ich einschreiten! Und da erwachte in mir:

„Superkoch"! Ich stellte mich diesem wild-gewordenen Riesen in den Weg und brachte ihn zum Schweigen, die Menge sprang auf und applaudierte, ich war der Held des Tages.

Ach, Sie glauben mir nicht? Also gut – unter uns! - ich hab ihm ins Ohr geflüstert, dass ich ihn zum Essen einlade wenn er endlich sein Maul hält. SIEG! Er beendete seine Ausführungen mit den Worten: „Und dann konnte die Schlampe nicht mehr. Aber was soll's, einmal geht schon noch, bis der Kolben glüht Freunde."

Ich schob den mit stahlharten Muskeln bepackten und mit unzähligen Tattoos übersäten Rübezahl in Richtung Küche. Irgendwie hatte man das Gefühl, er hätte immer ein bisschen Motoröl an den Händen. Wenn bei dem der Kolben glühte, brannte bei mir schon die letzte Sicherung durch! Aber mein Plan ging auf und einen paniertes Schnitzel XXL brachte ihn zum Schweigen!

Außerdem war da noch unser „Scheißer". Er hat diesen doch sehr ausdrucksstarken Spitznamen genau aus diesem Grund bekommen. Der Kleine hatte wohl irgendwann ganz schlimm Aua am Popo und musste er mal ganz dringend aufs Klo. Nachdem er das Fassungsvermögen unserer Toilette deutlich überschritten hatte schiss er einfach ins Bad und verteilte seine Hinter-lassenschaft mit den vorhandenen Handtüchern an den Wänden des Badezimmers wollte damit wohl sagen „Seht her, ich habe Kacka gemacht". Das war aber nicht genug er fand seine Höhlenmalerei wohl so toll, dass er das Gleiche nochmal auf den Damentoiletten des Restaurants praktizierte Natürlich mitten in der Nacht und ganz alleine. Vielleicht wollte er auch dort nur zeigen, wie toll der Kleine malen kann. Auf jeden Fall war es, nachdem unsere Reinigungskraft diese Kunstwerke entdeckt hatte, auch schon egal, dass sie auf den Boden gekotzt hat. Der saure Geruch ihres Frühstücks hat zumindest den widerlichen Geruch nach Scheiße etwas genommen. Eine Konfrontation mit seinen Hinterlassenschaften gab es nicht, ganz einfach, weil wir das „Kunstwerk" lieber unverzüglich sofort als auch nur eine Sekunde später beseitigt haben wollten. Auf die sehr energische Frage von mir, warum er das gemacht habe, bekam ich nur die wenig aufschlussreiche Antwort: „Weiß nicht, halt so". Meine persönliche Vermutung ist, dass ihm schon weitaus früher jemand ins Gehirn geschissen haben muss und das Umrühren vergaß ..., ist aber eben nur eine Vermutung. Freunde, es gibt schon Menschen auf Gottes Erdboden! Aua! Aua! Tja, und damit war dann „Scheißers" Ära auch ziemlich schnell zu Ende, nachdem mich meine Frau gezwungen hat, den Vorfall genauso in der Firma des netten Künstlers vorzutragen. Dieses

Telefonat war an Peinlichkeit durch nichts zu übertreffen.

Ansonsten waren unsere „Roadies", zumindest nach meinem Empfinden, ganz normale LKW-Fahrer. Sie soffen gern, sie stritten sich oft und manchmal versuchten sie auch eine Schlägerei anzuzetteln. Meistens war einer wenigstens noch so nüchtern, dass sie es selbst verhinderten. Einmal jedoch, als zwei von diesen polnischen Bulldoggen aufeinander losgingen, warf sich meine Frau mutig in ihre Mitte. Hypnotisiert von ihrem Auftreten, war alles, was dann zu Bruch ging, ein Blumenstock. Am liebsten mochten unsere „Roadies" natürlich … das wilde Gevögel mit unsäglichen Betthäschen, die sie immer wieder zuverlässig anschleppten. Ganz besonders gerne jedoch mit unserer Zenzi, was wir aber erst sehr spät merkten. Zenzi war unser Zimmermädchen und somit auch an Ruhetagen im Einsatz. Natürlich kam es vor, dass selbst meine Frau und ich an diesen Tagen einmal nicht im Geschäft waren. Zu Zenzis Aufgaben gehörte unter anderem das Waschen und Bügeln der Zimmerwäsche, was sie immer abends im Bügelzimmer erledigte. Es muss wohl nicht lange gedauert haben, bis unsere „Roadies" mit ihren Spürnasen die weibliche Fährte witterten. Sicher war es eher kein Zufall, dass sie Zenzi im Bügelzimmer einen freundlichen Besuch machten.

Sie trafen auf eine lüsterne, geile Zenzi, die nur darauf gewartete hatte, die Beine breit machen zu dürfen. Die „Roadies" stiegen alle mal drüber und Zenzi wurde gevögelt „bis der Arzt kommt"! Gut, dass sie den „Sabber" selber wegputzte und die verspritzte Bettwäsche auch selber wieder reinigen musste. Glück hatten die „Roadies", dass sie beim Fick nicht in die Nähe der Bügelmaschine gerieten, sondern mit Zenzi in die Fremdenzimmer gingen, denn wenn der „Lurch" in die Maschine gekommen wäre, sähe der eine oder andere jetzt aus wie ein Biber.

Was mich an dieser Geschichte am meisten störte, ist nicht, dass auf meinen Fremdenzimmern geschätzte einhundert Geschlechtskrankheiten den Besitzer wechselten und auch nicht, dass mein Lokal fast zum Puff mutierte. Nein, es störte mich, dass diese kleine Schlampe, nur weil niemand von uns im Haus war, ihr Geficke tatsächliche als Arbeitszeit abrechnete.

Und wieder war es meine Frau, mit ihrer herausragenden Menschenkenntnis und ihrem fast angsteinflößenden Spürsinn, die der Sache auf den Grund kam. Sie kam mit dem Stundenzettel von Zenzi zu mir und meinte: „Das, was die in der Zeit arbeitet, schaffe ich in der halben." Dies führte nach einigen Gesprächen mit meiner Frau dazu, dass ich nach ein paar Tagen völlig unangemeldet in meinem Laden aufschlug. Wir hatten Ruhetag, und ich ging völlig ahnungslos durch die Gänge, als ich ein lautes Schreien hörte.

„Mehr, mehr, schneller, schneller, tiefer, du Drecksau, mach's mir!"

Hörte sich für mich jetzt nicht so an, als bräuchte da jemand meine Hilfe, sondern eher, als bräuchte *ich* gleich Hilfe. Ich riss die Zimmertür auf und was ich da sah, verschlug sogar mir die Sprache. Ich glaube, Sie haben mittlerweile gemerkt, dass ich auch nicht der Bravste bin, aber Zenzi lag da, mit weit gespreizten Beinen, hatte ein Krankenschwesterhäubchen auf und Hermann hatte mit seinem Riesenschwanz wohl gerade die Temperatur gemessen, während Wolfi Zenzi soeben eine Mundspülung bereitete. So sah es zumindest aus! Bäh!

Tja, kurz darauf habe ich dann eine Zeitungsanzeige aufgegeben: „Suche nette, ältere Dame als Zimmermädchen." Es war mir schon fast eine tiefe, innere Befriedigung, als unsere neue und deutlich ältere Zimmerdame zu mir kam und sich über Pornohefte in den Zimmern beklagte. Ja, die brauchten sie jetzt wieder, die „Roadies". Wenn ich jetzt spät am Abend durch die Fluren meines Ladens „schleiche" und ein wildes Stöhnen höre, das sich manchmal anhört, als würde ein Ferkel quiekend nach seiner Mutter suchen, danke ich für jeden Euro den mir die neuen Pay-TV-

Kanäle wieder einbringen. Im Großen und Ganzen waren unsere „Kleinen Racker" ja ganz nett, manchmal aber halt auch sehr anstrengend.

So war es für sie eine Selbstverständlichkeit, nachts um 3 Uhr, meine Privatnummer zu wählen, um mir mitzuteilen: „Hey, Wirt, wir stehen vor verschlossenen Türen, wir brauchen Zimmerschlüssel und einen Kasten Bier."

Klar, die „armen Kleinen" sind seit 10 Stunden im Truck unterwegs. Und warum sollten sie frühzeitig anrufen, denn vielleicht haben sie sich erst ganz kurzfristig entschieden, zu uns zu kommen? Außerdem sind Handys ja sooo teuer - und die Gebühren erst ....

Ich hatte ein gutes Rezept gegen diesen Stress. Meine Frau - sie ist so ein ganz klein wenig telefonsüchtig, würde das aber selbst unter Folter nicht zugeben. Also, da ich von dieser kleinen Schwäche weiß, musste ich das Telefon um diese Zeit einfach nur läuten lassen, ohne mich selbst zu rühren. Innerhalb weniger Sekunden wachte meine telefonsüchtige Holde auf, stand wie eine „Eins" im Schlafzimmer und legte einen Weltrekord verdächtigen Endspurt Richtung Telefon hin. Es ertönte dann ein lautes und eindringliches: „Ja!" – als sie hörte dass die „Roadies" am Apparat waren, baute sich ein natürlicher Schutzmechanismus auf, der ihr eine leicht bedrohliche Schwingung in die Stimme zauberte. Doch, eins zu null für mich! Sie war wach und ich lag noch im Bett, und dass sie am nächsten Morgen deutlich früher aufstehen musste, war mir in diesem Moment egal, denn ich war müde! Natürlich sperrte sie den Jungs wenig später, noch etwas schlaftrunken und mit einem Trainingsanzug bekleidet, die Türe auf und verteilte die Zimmerschlüssel. Selbst den bestellten Kasten Bier schleppte sie noch in den Gastraum, kehrte wenig später zu mir ins Bett zurück und flüsterte leise: „Arschlöcher – nächstes Mal gehst du!"

Gott hat mich nicht nur mit einer schönen Frau gesegnet, sondern auch mit einer sehr geschäftstüchtigen. Oder? Männer, stehen eure Frauen mitten in der Nacht auf um eine Kiste Bier zu verkaufen?

Die Krönung wäre natürlich gewesen, sie hätte sich vor ihrer „Rückkehr" noch schnell in eine edle Reizwäsche mit Strapsen gehüllt und mich als liebestolles Luder aus dem Schlaf gerissen. Hat sie nicht …, aber die Hoffnung stirbt ja bekanntlich zuletzt.

Dass all dies am nächsten Tag schon wieder vergessen war, dürfte klar sein. Niemanden interessierte, dass wir solche und ähnliche Nachtdienste schoben. Garantiert kümmerte es auch die nette Damenrunde, die als letzte Gäste, abends um 23 Uhr noch im Lokal saßen überhaupt nicht, während sie tatsächlich ihr Strickzeug auspackten und seit geschlagenen zwei Stunden an einer Apfelsaftschorle schlutzten.

Zum Schluss zu erwähnen, ist wohl unser welteinzigartiger und nur bei uns ansässiger Dampfnudelverein, gegründet von ein paar netten, grauhaarigen Herren die volltrunken eine immer wieder nutzbare Ausrede für ihre Frauen suchten, sich in regelmäßigen Abständen betrinken zu dürfen. Die Idee war gar nicht blöde. Die alten Säcke haben sich mit dem vollen Einverständnis ihrer Damen einmal im Monat getroffen, angeblich, um Dampfnudeln zu essen. Die Wahrheit war allerdings, sich zu besaufen und Mopsi auf die reizvollen Möpse zu starren, wobei ich hier einmal behaupte, der Spruch, mit dem Appetit holen, ist weit gefehlt. Der gilt für die moderne Viagra-Generation längst nicht mehr.

Irgendwann war dann aber der Spaß vorbei, und zwar spätestens an dem Abend, als die Damen beschlossen, Dampfnudeln auch ganz toll zu finden und ihre Gatten begleiten zu wollen. Ein Freudentag für Mopsi, ein Trauertag für meine netten Seniorenmänner.

So gäbe es noch viele Geschichten über mehr oder weniger nette Gäste zu berichten. Die einen zaubern mir ein Lächeln ins Gesicht, die anderen lösen den natürlichen Würgereflex aus. Den bekomme ich übrigens auch regelmäßig, wenn ich an meine ehemaligen Verpächter denke ..., Sie erinnern sich noch an die zwei „Frühstücksgruftis"?

Meine Verpächter –

Das Grauen auf Krücken

Sollten sie tatsächlich gedacht haben, das Schlimmste was einem passieren kann, ist, dass man ein Objekt pachtet, welches nicht ausgeräumt ist? Weit gefehlt, Freunde! Wer sich tatsächlich erlaubt beim Teufel persönlich eine Kneipe zu pachten, der erlebt weit mehr. Aber bevor ich euch davon berichte, erst einmal zum Handlanger unserer Pächter.

Ist Ihnen das auch schon mal passiert, dass Sie einer Personen gegenüberstehen, die Sie abgrundtief verachten, aber gar nicht wirklich wissen, warum? So ein Kotzbrocken in Menschengestalt, so ein Besserwisser, einer der glaubt, er müsse immer noch was sagen, obwohl schon alles gesprochen ist? Genau so, nur noch einen ganzen Tick schlimmer, war Herr Schlemmermayer.

Schlemmermayer war bereits in Pension und hatte daher viel, viel Zeit, diese nutzte er für wirklich wichtige Dinge! Wissen Sie, es gibt

Menschen, die sagen einfach, die Ampel ist rot, aber er sagte: „Wenn ich richtig informiert bin und die elektrische Anlage einwandfrei funktioniert, könnte es sein, wenn ich eine Farbenblindheit ausschließe, dass die Ampel, da sie gerade gelb und davor grün war und es der natürlichen Aufgabe einer Ampel entspricht, sie jetzt rot ist." Vielleicht hilft es Ihrer Vorstellungskraft, wenn Sie sich einen alternden Finanzbeamten mit sandfarbenem Anzug vorstellen. Der kleine Drecksack versuchte sich aber auch wirklich überall einzumischen, war aber nach meiner Einschätzung zu blöd, um geradeaus zu pissen.

Haben Sie schon irgendwann einmal einen Miet- oder Pachtvertrag selbst geschrieben, obwohl Sie selbst der Mieter oder Pächter waren? Da sitzt die kleine Sackratte ein ganzes Leben lang im Büro und quält kleine Steuerflüchtlinge und ist zu blöd, einen PC oder eine Schreibmaschine zu betätigen, falls Sie noch wissen, was das ist. Die Dinger hat man früher benutzt. Haben ziemlich gerattert und wenn man vorne was angetippt hat, kam hinten was raus. An was erinnert mich das bloß? Bei allem, was wir mit unseren Verpächtern besprochen und beschlossen hatten, hatte „das kleine Arschloch" noch etwas auszusetzen. Damit wir uns richtig verstehen, trotz der Vorfälle zu Beginn unserer Pacht, war das „Verhältnis" anfangs sehr gut, wir wollten einfach in eine neue und erfolgreiche Zukunft starten und diese Zukunft nicht gleich von Beginn an belasten, da verzeiht man so einiges. Doch sagten wir vier am Tisch zu einem Thema „ja", dann kam von dieser Bürokratensau immer noch ein „aber …!"

Seid mir bitte nicht böse, dass ich den lieben Schlemmermayer mit so vielen wirklich ernst gemeinten Beleidigungen betitelte, aber diese Ratte hat es echt nicht anders verdient. Im Laufe der gesamten Pachtzeit - und das ist die Wahrheit! - hat er uns auch mehr als einmal beleidigt und belogen, und deshalb würde ich es immer wieder sagen: „Schlemmermayer, du bist eine ganz unverschämte Drecksau!"

Aber da auch ich gewachsen bin und heute viel mehr weiß als damals, wünsche ich auch ihm an dieser Stelle ein glückliches Leben. Eine Drecksau bleibt er trotzdem.

Ihr erinnert euch bestimmt an diesen Vorfall mit dem zur Neige gegangenen Heizöl gleich in unserer ersten Woche. Als wir das Objekt damals verließen, war der Tank noch halbvoll. Trotz vorgelegter Rechnung des Tankunternehmens, der Füllstandsanzeige am Tank und einem Blick in das Innere des Tanks - man sah allerdings nicht viel, aber zumindest erkannten wir, dass er halbvoll war - wollte dieser „nette Herr", dass die Verpächter *nicht* bezahlen. Manche würden wohl sagen, der ist sehr geschäftstüchtig, ich aber sage, er ist ein Halsabschneider.

Was vor allem *ich* mir wohl nach all dem vorzuwerfen habe, ist meine verdammte Gutmütig- und Gutgläubigkeit! Hätte ich die nicht, wäre mir das alles wahrscheinlich gar nicht passiert, allerdings wäre ich dann heute auch ein anderer Mensch und wenn ich so in den Spiegel schaue, gefällt mir das, was ich da sehe, eigentlich ganz gut.

Alles fing mit einem Handschlag an, der gilt hier auf dem Land normalerweise schon noch etwas, vor allem bei der älteren Generation. Nicht so bei der „Adams Family", wie ich die Verpächter insgeheim taufte. Hab lange überlegt, ob ich sie wirklich so nennen soll, ist ja eine Beleidigung für jeden rechtschaffenen Vampir, und es macht mir Angst sie könnten Vampire sein und für immer leben. Aber der Gedanke, sie mit Blutsaugern in Verbindung zu bringen, gefällt mir wirklich sehr gut.

Wir saßen bei einem kleinen Getränk zusammen: unser Verpächter, meine Frau, mein Schwiegervater und ich. Angeregt unterhielten wir uns über die vorhandenen Stromanschlüsse und die zur Verfügung stehende Kapazität. Da sich ja vorher noch dieser alte Ölofen in der Küche befand und es ansonsten nur Haushaltsgeräte gab, genügte eine „normale Zuleitung" an Strom natürlich vollkommen aus. Allerdings bauten wir eine komplett neue Küche, ausschließlich mit Elektrogeräten ein, was die die Anforderung die momentane Verfügbarkeit dann überstieg. Wie es im Leben immer ist: man braucht, man bekommt, man bezahlt! Und genau um diese Bezahlung ging es. Dabei handelte es sich um das „Sümmchen" von knapp 6.000 Euro, die wir nach langen Gesprächen und Gott sei Dank! *ohne* Schlemmermayer - uns teilen wollten. Jeder die Hälfte war die Abmachung. Und diese wurde im Beisein meines Schwiegervaters mit einem Handschlag besiegelt.

Lieber hätte ich wohl einen gerade vorbei taumelnden Obdachlosen mitgenommen und nicht meinen Schwiegervater, aber das wurde mir erst später klar. Als die ganze Geschichte nämlich Jahre später vor Gericht kam, konnte man ihm als Zeugen nicht glauben, weil er ein Familienmitglied war. Verstehe einer die deutsche Rechtsprechung. Aber wie Sie sicherlich schon ahnen: Der Verpächter hat seinen Anteil nicht bezahlt!

Wenn das schon alles gewesen wäre, hätte wohl kein Hahn danach gekräht und Papa „Adam" hätte sich mit den Scheinchen seinen runzeligen Rentnerarsch abputzen können. Aber dann kam das Heizöl dazu, zwei nicht rechtmäßige Pachterhöhungen und, und, und .... Nicht zuletzt wohl unzählige Beleidigungen, und wenn sie dieses Buch bis hierher aufmerksam gelesen haben, werden Sie es kaum glauben: *nicht von mir!*

Wie krank muss ein Mensch sein, wenn er am Sonntagmittag an seinem Fenster steht - die Verpächter Wohnung lag leider nur gerade über den Parkplatz entfernt - und die Autos zählt die ankommen, die Gäste, die aussteigen und daran „berechnet", wie viel Umsatz wir an diesem Tag machen würden. Das war dann Verpächters Grundlage für die Erhöhung der Pacht!

Es wäre das Gleiche, wenn Ihr Vermieter heimlich im Treppenhaus beobachtet, wie oft sie mit prall gefüllten Taschen vom Discounter nach Hause kommen, und wenn das zu oft ist, oder die Taschen zu voll, gibt's eine saftige Mieterhöhung, weil er vermutet, sie müssen ja Geld ohne Ende haben. Der netten Blonden von nebenan, bei der man den String immer sieht, wenn sie sich bückt und der die braungebrannten Möpse fast aus der Bluse hüpfen bei jeder gespielten, stürmischen Begrüßung, geht man aber keinen Cent nach oben, weil man will sein kleines „Ständerlein", welches man jedes Mal bei ihrem Anblick bekommt, ja nicht enttäuschen. Diese alten geilen Drecksäcke sag ich da nur.

Im Laufe unserer Pachtzeit machten wir aus dem alten Laden eine „Luxusabsteige". Die Gäste kamen gerne und sehr reichlich und wie es heute so ist, sollte ein bestimmter Standard einfach vorhanden sein. An der maroden Bausubstanz konnten wir nichts ändern, daran, dass diese „lieben Menschen" auf eine herkömmliche Dachisolierung verzichtet hatten und stattdessen alle alten und durchgefickten Matratzen, die sie finden konnten, auf dem Dachboden verteilt hatten, auch nicht. Dass sich irgendwann eine nette und eigenständige Mäusefamilie in die Matratzen eingemietet hat, auch nicht, und dass die Viecher ficken wie die Karnickel und sich zu 100ten vermehrten, konnte ich, außer in einen Kammerjäger zu investieren, auch nichts ändern.

Aber nichts war so toll, wie dieser nette kleine Swimmingpool, den wir überraschend im Keller fanden. Der war aber ein wenig „zickig". Er wollte nämlich nur im Winter arbeiten, dann, wenn der Schnee geschmolzen war und das Grundwasser stieg. Im Sommer hatte er einfach keine Lust und zog sich zurück. Und diese tollen „Blumen" und Lebewesen, die wir dann im Keller hatten ..., ich sag's ja, alles im Pachtpreis inklusive.

Aber über diese Lappalien möchte ich gar nicht weiter sprechen, vielmehr über diese große ungenutzte Ackerfläche um das Lokal herum, die wir, wieder einmal mit Handschlag besiegelt - ich war aber auch zu blöd - zu einem wunderschönen Biergarten mutieren ließen. Einhundertfünfzig Sitzplätze, Laternen mit gedämpftem Licht, blühende Blumen, kleine Bäume, Schirme, eine Hundetränke und einen riesigen Spielplatz für unsere kleinen Gäste. Dieser Biergarten war wirklich schön und gut besucht, da wir direkt in einem Ausflugsgebiet lagen. Umbaukosten ca. 8.000 Euro. Später mussten wir das Objekt allerdings verlassen. Rückerstattung Null Komma Null Null (!) Euro, dank der kompetenten Richterin und der deutschen Rechtsprechung.

Ebenso erging es uns mit der Investition „Fernseher". Die Dinger werden dir heute ja bereits für ein paar Euro in jedem Elektromarkt nachgeschmissen, aber das Verlegen der Kabel in den Zimmern, das Installieren der Satelliten-schüssel mit entsprechenden Verstärkern und Verteilern kostet einfach Geld. 4.000 Euro! Rückerstattung? Sie können es sich denken. Andererseits ist es so, dass unser Elektriker, der wirklich Leidtragende bei der Sache war. Doch, doch, er hat sein Geld bekommen, aber möchten Sie auf einem Dachboden mit Matratzen und Mäusen freiwillig und stundenlang Kabel verlegen?

Dazu kamen noch unzählige andere Rechnungen, alles überschattet von Ärger und Streit. Der Grund dafür ist wahrscheinlich einzigartig, wir hatten zu viele Gäste und verdienten zu viel Geld, zumindest in den Augen der Adams Familie. Neid ist wohl eine weltbeherrschende Krankheit, und leider gibt es kein Medikament dagegen. Außer man schießt mal heftig übers Ziel hinaus und verteilt ein paar Kräftige aufs Maul, aber da wäre dann weiterer Ärger wieder vorprogrammiert. Das einzige was an der Sache gut war, dass mittlerweile wirklich alle wussten, welche Arschlöcher unsere Verpächter waren. Sie versuchten Lügen und die abartigsten Geschichten über uns zu verbreiten, sogar über die Zeitung. Die Armen waren sich wirklich für nichts zu schade.

All' das wäre noch gar nicht so schlimm gewesen, wie? – ich kann Sie nicht hören! – Ach so, Sie meinten, was noch schlimmer sein könnte? Okay, Sie wollen die ganze Wahrheit? Dann zu Beginn eine Frage: Wollte Sie schon mal jemand umbringen? Nein, dürfte und sollte in den meisten Fällen wohl die Antwort sein!

Mich aber schon! Keine Angst, ich neige nicht zur Übertreibung, ich möchte auch gleich klarstellen, dass mich niemand mit einer Waffe bedroht oder gar brutal zusammengeschlagen hat. Nein, viel, viel einfacher.

Man hat mein im Carport stehendes Fahrzeug so manipuliert, dass nach einigen gefahrenen Kilometern die Bolzen brachen und sich ein Rad vom Fahrzeug löste. Eigentlich war ich unterwegs zum Großmarkt und unter normalen Umständen bin ich, schon um Zeit zu sparen, immer über die Autobahn gefahren. Aber an diesem Tag nicht. Ich hab einfach die Einfahrt verpasst, hab geträumt, oder was auch immer und bin auf der Landstraße geblieben. Genau auf dem Abschnitt der Strecke, der auf siebzig Stundenkilometer beschränkt war, passierte es dann, ein Krachen, ein Knallen, das Auto sackte auf den Boden, drehte sich, und ich kam nach einigen Umdrehungen sauber in einer Parkbucht in Fahrtrichtung zum Stehen. Gegenverkehr? Nein! Verletzungen? Außer einem Schleudertrauma, keine! Auto aber leider im „Eimer"!

Die Frage lautete, was war passiert und war das Zufall?

Eins ist auf alle Fälle klar, wäre mir das auf der Autobahn passiert, bei geschätzten 120 „Sachen", dann würde ich dieses Buch heute nicht schreiben und die Welt hätte einen Idioten weniger.

Nachdem ich per Anhalter nach Hause gekommen war und das Auto abgeschleppt wurde, stand fest, dass es *kein* Zufall war und auch kein Materialfehler, außer es ist üblich das die Bolzen bis zur Hälfte angesägt werden, bevor sie ans Fahrzeug montiert werden.

Erfolg bei der Suche des oder der Schuldigen – keiner! Ein Verdacht, natürlich ja, vor allem weil am Auto meiner Frau etwas später der komplette

Lack verkratzt wurde und wir genau zu diesem Zeitpunkt von meinem Verpächter immer mehr „Drohanrufe" bekamen, in dem sie uns darauf hinweisen, was wir wieder falsch machten und was wir sofort zu unterlassen hatten.

Man geht danach schon etwas anders durchs Leben und denkt über manche Dinge ebenfalls deutlich anders. Natürlich gebe ich zu, dass es schon ein ganz klein wenig an das Vergehen der „üblen Nachrede" stößt, diese Behauptung aufzustellen, aber was würden Sie denken?

Wären wir am Ende der, nennen wir es einmal, „merkwürdigen Vorkommnisse", würde ich zumindest noch einmal genauer über meine Aussage nachdenken, aber jedes Mal, wenn wir wieder eine neue „Schwachstelle" in und an unserem Pachtobjekt entdeckt haben – und es gab viele zu entdecken - und wenn ich damit wieder erneut als Bittsteller auf unseren Verpächter zuging, erklärte er mir: „Alles Pfennig gut!". Er hatte natürlich Recht, und dass es bei starkem Regen zu den Dachfenstern hereinregnete, oder die Eingangstür, so oft ein LKW vorbeifuhr, vom Windstoß geöffnet wurde, war ja auch völlig normal. Oder? Und jedes Mal, wenn ihr Hund in unserem Biergarten die Gäste belästigte, weil sie ihn wieder einmal frei laufen ließ, musste ich mir wieder einmal einen Vortrag anhören, wie kleinlich und streitsüchtig ich war. Ist doch auch völlig normal. Oder?

Nach jeder, ich betone, freundlichen Anfrage von mir, fielen unsere Mülltonnen nachts zufällig um, und am nächsten Morgen war der Müll auf dem gesamten Parkplatz verteilt. Alles vollkommen normal. Oder?

Der Höhepunkt war, dass diese durchgeknallten Rentner eines Tages das Dach ihres vom völligen Verfall bedrohten Schuppen neu eindeckte und im Hühnerstall, den die „Vollhonks" neongelb strichen, doppeltverglaste Fenster einsetzten, während es in unserem Pachtobjekt munter hereinregnen durfte, wofür sie dann an jedem Monatsende ordentlich die Hand aufhielten. Die armen Hühnchen sollten eben auch nicht frieren, wenn sie für ihn jeden Morgen das Frühstücksei aus dem Arschloch drücken.

Mit seinem Kumpel, der geschätzte 180 Jahre alt war und Hopfen in flüssiger Form zu seinem Grundnahrungsmittel gemacht hatte, deckte er das Dach ein. Und mal ganz davon abgesehen, dass eine herunterfallende Dachplatte fast unsere „Mopsi" erschlagen hätte, wären die zwei alten Säcke auch fast runtergesegelt. Aber mal ehrlich, wer hätte diesen Matschfleck denn dann entfernen sollen?

Auf Kleinigkeiten, wie zum Beispiel unseren vertraglich zugesicherten Gästeparkplatz, der über Nacht und ohne Voranmeldung, durch eine Mauer deutlich verkleinert wurde, möchte ich gar nicht näher eingehen.

Die Geschichte zeigt uns, dass es wohl ein Hobby älterer deutscher Männer zu sein scheint, immer dann, wenn es „Krieg" gibt, eine Mauer zu bauen. Was bei uns - Gott sei Dank! - fehlte, waren die Schussvorrichtungen.

Doch, und auch das lehrt uns die Geschichte, jede Ära geht einmal zu Ende, nein, nein, keine Angst, die zwei alten Krattler leben immer noch und treiben ihr Unwesen. Wer die Segel schlussendlich gestrichen hatte, war ich!

Ich bin der Meinung, ein Mensch kann viel aushalten und viel Ärger, Last und Sorgen auf sich laden, aber es kommt früher oder später der Zeitpunkt, bei dem auch der beste Lastenesel zusammenbricht, und genau so ging es mir. Wieder war es meine Frau, die mir die bittere Realität, mehr als nur einmal vor Augen führen musste. Und obwohl sie auch noch ihren eigenen Kampf kämpfen und gewinnen musste, war sie für mich da. Damals dachte ich, das Leben sei nur ungerecht und ich fühlte mich, als müsste ich für alle Sünden der Welt büßen. Weit gefehlt, denn heute weiß ich, es war nicht so. - Warum ...?

Ich – Das Finale!

Da lag ich nun, da war nichts, es war nur leer und dunkel und doch war es schön, ich hörte Musik, so herrlich, wie ich sie noch nie hörte, und da sang jemand mit einer engelsgleichen Stimme. Jetzt – auf einmal sah ich etwas, ein Film, wo war ich? Ich sah mich als Kind. War ich tot?

Bäh, kann nicht sein, wenn man tot ist kann man nichts mehr riechen und, bäh, was war das? Irgendetwas starrte mich verzweifelt an, als ich die Augen öffnete. Es war Cammi, mein Hund. Aber wo war ich, was war passiert?

Ich rappelte mich hoch, mir war schwindelig, aber nach einem ersten kurzen Check konnte ich zumindest kein Blut sehen. Ich befand mich zu Hause im Bad. Aber warum lag ich auf dem Boden? Ich erinnerte mich, dass es mir beim Zähneputzen schwindlig geworden war und ich mich kurz hingesetzt hatte. Und was passierte dann? Ich sah auf die Uhr und konnte es nicht glauben es war 10 Uhr am Vormittag, ich war um 8 Uhr aufgestanden und kurz danach ins Bad gegangen. Was passierte während diesen beiden

Stunden? Mir schossen 1.000 Gedanken auf einmal durch den Kopf. War ich ohnmächtig? Und wenn ja, warum und vor allem warum so lange? Was machte meine Frau? Was war mit meinem Laden? Oder hatte mich jemand überfallen?

Nachdem ich mich etwas gefasst hatte, zog ich mich an und ging zur Arbeit.

Mein Personal stand bei meinem Eintreffen schon vor der Türe und ihre Sprüche von wegen: Wenn man das Saufen nicht verträgt Chef …, oder hatten Sie süße Träume…? prallten einfach an mir ab. Selbst meinen prüfenden Blick auf „Mopsi" und ihre zwei messerscharfen Geschosse ließ ich an diesem Tag aus.

Ich instruierte meine Leute kurz und überließ sie dann, was so gar nicht meine Art war, sich selbst. Mehr als ein abgefackelter Laden konnte ohnehin nicht passieren

Im Nachhinein glaube ich, sie waren sogar froh, dass ich mich ins Büro zurückzog und sie quasi „sturmfrei" hatten. Da saß ich jetzt in meinem vernebelten Zustand und dachte, ich bekomme vielleicht einen Schnupfen. Irgendwie roch es auch schon den ganzen Tag nach Kräutern. Ich kannte diesen Geruch, konnte ihn aber nicht zuordnen. Meiner Frau erklärte ich später: „Ich bekomme bestimmt eine Erkältung, deswegen stehe ich heute ein bisschen neben mir!" Von meiner

Ohnmacht erzählte ich natürlich nichts. Doch als ich an diesem Tag *freiwillig* früher nach Hause ging, schöpfte sie wohl schon den ersten Verdacht, dass ich ihr etwas verheimlichte.

So war es auch und sie „quetschte" mich zu Hause aus wie eine Zitrone. Man hätte annehmen können, sie habe eine Vergangenheit bei der Stasi, aber dieser Eindruck war wohl eher meinem *Zustand* zuzuschreiben.

Schließlich schaffte sie es, und ich sagte ihr die Wahrheit. Sie viel aus allen Wolken und da war er wieder, derselbe Gesichtsausdruck wie damals, als uns meine Schwiegermutter von der zu verpachtenden Kneipe berichtete. Doch diesmal sagten ihre Augen, *ich hab's dir doch gesagt!* Sie streichelte erst mir über den Kopf und dann Cammi. Mit den Worten: „Du passt wenigstens auf Papa auf, wenn ich nicht da bin", ging sie dann weinend zu Bett.

Trotz all' den „Gemeinheiten" meiner Verpächter, die ich die letzten Monate ertragen hatte, dachte ich in diesem Moment zum ersten Mal, hoffentlich hab ich keinen Fehler gemacht!

Meine Frau verließ am nächsten Morgen etwas später als sonst und wohl mit einem sehr mulmigen Gefühl das Haus, beim Gehen erklärte sie mir noch: „Du gehst heute noch zum Arzt, sonst rede ich kein Wort mehr mit dir, und du kannst die ganze Scheiße alleine machen"!

Ich dachte mir eigentlich nur, sie würde sich schon wieder beruhigen, und nachdem ich die Hunde gefüttert hatte, ging ich ins Bad. Als ich es wenig später wieder verließ, war ich irgendwie glücklich und irgendwie einen Schritt weiter als gestern. Jetzt noch schnell in den Keller und eine frische Kochjacke aus der Waschküche holen und dann ab zur Arbeit. Ich freute mich, denn es ging mir gut, ich fühlte mich wie neu geboren. Das einzige, an was ich immer noch dachte, war diese einzigartige Musik. Woher die wohl kam?

Ich bückte mich, griff nach meiner Kochjacke und alles was ich dann noch spürte, waren Schmerzen! Die wurden mir relativ schnell wieder genommen und da war sie wieder. Ich weiß nicht, wie ich es beschreiben soll. Es waren Klänge, wie ich sie noch nie vorher gehört habe, so rein, so klar so deutlich, als wollten sie mir eine Geschichte erzählen, die ich nicht verstand. Beunruhigend war, dass ich diesen Zustand kannte und mich hier, in diesem Zustand, oder an diesem Ort wohlfühlte. Ich war frei von allen Alltagssorgen, frei von den Intrigen der letzten Monate, und ich fühlte mich wie ein Engel, rein und unschuldig! Wieder war es das feuchte Schlabbern von Cammi und sein intensiver Mundgeruch nach

Rinderpansen - die liebte er nämlich - der mich aus meiner Ohnmacht riss.

Nachdem ich mich aufgerappelt hatte und mich sehr mühsam die Treppen nach oben quälte, galt mein erster Blick der Uhr. Ich „steigerte" mich! Zweieinhalb Stunden war ich im Paradies gewesen! Ich scherzte schon mit mir selbst, um mir die Angst zu nehmen. Eine gewisse Routine schlich sich ein. Ich kam wieder zu spät zur Arbeit, ich hörte erneut blöde Sprüche und ich bekam wieder eine bitterböse Ansage von meiner Frau.

Diese Ansage brachte mir einen sofortigen Termin bei meinem Hausarzt ein. Ohne große Untersuchung stellte der fest: „Ihr Mann ist überarbeitet, zu viel Stress und zu wenig Auszeiten, das macht der Körper nicht lange mit"!

Nach der Predigt des Arztes folgte die Predigt meiner Frau. Die flößte mir deutlich mehr Angst und Respekt ein. Sie wusste viel zu genau, wo sie mich packen musste, um ins Schwarze zu treffen. Sie erklärte mir ohne große Umschweife: „ …dass der Laden jetzt einige Tage geschlossen bleibt. Wir haben keine Reservierungen von großen Gruppen und die Übernachtungen schaffen die Mitarbeiter auch ohne dich."

Viele Männer kennen das Gefühl vielleicht: würde dich irgendjemand so anreden, würdest du ihm normalerweise an die Gurgel gehen, aber bei der eigenen Frau musste man kuschen. Man konnte gar nicht anders. Außerdem, so ein spontaner Kurzurlaub war ja auch nicht schlecht.

Somit verbrachte ich die nächsten Tage zu Hause. Doch auch die Ruhe und das lange Ausschlafen hinderten meinen Körper nicht daran, weiter diese „Spielchen" mit mir zu spielen. Was mir Angst machte, war, dass die Abstände zwischen den Anfällen trotz der verordneten Ruhe und einigen Medikamenten, die mich „herunter-fahren" sollten, immer kürzer wurden. Sie dauerten nicht mehr so lange, manchmal war ich auch nur einige Minuten weg, aber es wurden mehr, immer mehr. Ich bekam so eine Angst, dass ich mich mittlerweile richtig krank fühlte, und die Ungewissheit fraß mich auf.

Mittlerweile war mein Geschäft wieder geöffnet und meine Frau stand jeden Tag, nachdem sie von der Schule kam, im Laden und organisierte alles Notwendige. Bei heiklen Fragen wurde ich per Telefon um meinen Rat gefragt und bei wirklich großen Gruppen wurde ich ins Büro gesetzt, um Anweisungen geben zu können.

Es war eine Qual für mich, und ich hatte jeden Tag das Gefühl, meine Seele wurde mir herausgerissen. Meine Frau kam fast um vor Sorgen, die sie sich um mich machte und musste dabei den ganzen Laden schmeißen, es gab immer mehr „Ruhetage". Das führte dazu, dass die Gäste begannen, sich zu beschweren und das Personal wurde, da sie ohne die gewohnte Führung waren, immer rebellischer. Diese kleinen Schmarotzer hatten jetzt jede Woche vier Tage bei voller Bezahlung frei, die ihnen nicht vom Urlaub abgezogen wurden und beschwerten sich, dass sie an den verbleibenden drei Tagen mehr Arbeit hatten, weil ihr blöder Chef am Krepieren war.

Ich hatte Angst, vor lauter Selbstvorwürfen und an Existenzängsten zu zerbrechen und das Tollste an der Sache war, dass unsere liebe „Adams Familie" jetzt, da auch sie wussten, was mit mir los war, lustig weiter ihre Intrigen spannen.

Ich fuhr von einem Arzt zum anderen, ließ sämtliche nur möglichen Untersuchungen über mich ergehen und jedes Mal mit dem gleichen Ergebnis, welches an meinem Zustand weiterhin nichts änderte.

Ich weiß es wie heute. Wieder einmal hatte ich einen Termin beim Arzt, und meine Frau fuhr vier Stunden mit mir quer durch die Pampa, weil sie erfahren hatte, das es in einer entfernt liegenden Uni-Klink ein neues Gerät geben sollte, welches die Gehirnströme misst und die Ergebnisse auf eine völlig neue und revolutionäre Art auslesen könnte. Außerdem gab es dort einen Professor der als Koryphäe auf diesem Gebiet galt. Nach

Stundenlangen Wartezeiten und Untersuchungen folgte das Arztgespräch.

Ich mache es kurz, des Herrn Professors Ausführungen endeten mit den Worten: „Wenn Ihr Mann so weiter macht, verlässt er bei seinem nächsten Besuch unsere Klinik im Rollstuhl, oder vielleicht auch gar nicht mehr!"

Der Professor war wirklich ein netter Mensch - und so einfühlsam! Ich verließ mit meiner Frau schweigend, dieses Mal noch mit der Kraft meiner Beine, das Klinikum und stieg in unseren Wagen. Jetzt waren seine Worte auch bei mir angekommen, ich weinte und wusste zum ersten Mal nicht mehr weiter.

Ich dachte auf der Heimfahrt nicht an die Worte des Professors, ich dachte, glaube ich, an gar nichts. Ich war leer und, wenn überhaupt, dachte ich an diese wunderbare Musik und daran, ob ich sie auch höre, wenn ich sterben müsste.

Am nächsten Morgen ging meine Frau nicht wie gewöhnlich zur Arbeit, sondern zu einer Fortbildung, zu der sie sich schon vor einiger Zeit angemeldet hatte, mir ging es gut und ich küsste sie zum Abschied.

Da ich noch sehr müde war, legte ich mich wieder in mein Bett und schlief ein. Als ich Stunden später wieder erwachte, war ich schweißgebadet. Ich war mir nicht klar darüber, ob ich geschlafen hatte oder ob ich wieder „weg" war. Ich wollte aufstehen, aber ich hatte keine Kraft. Ich versuchte, meine Frau auf dem Handy zu erreichen, aber sie hatte wohl keinen Empfang.

In meiner Verzweiflung rief ich meine Schwiegermutter an, die wenig später eintraf. So sah ich sie noch nie! Mein Anblick musste sie derart erschreckt haben, dass sie kreidebleich und mit aufgerissenem Mund da stand, als hätte sie den leibhaftigen Teufel gesehen. Sie versuchte sich selbst zu beruhigen, brachte mir währenddessen einen Tee und wollte mich ins Krankenhaus fahren. Davon konnte ich sie abhalten, da ich Ärzte mittlerweile hasste. Davon, dass sie meine Frau informierte, konnte ich sie wiederum nicht abhalten.

Während sie die Hunde fütterte und mich nicht aus den Augen ließ, kam meine Frau nach Hause. Ich bekam gar nicht mit, was sie von mir wollte, ich war nur mit den Gedanken beschäftigt, was wäre, wenn ich sterbe würde. Wäre meine Frau versorgt? Was ist mit meinem Laden? Warum habe ich das gemacht, und sie quasi in diese Situation gezwungen? Was soll ich nur tun? Dieses Wollen und nicht Können, diese absolute Hilflosigkeit war das, was mich wirklich in die Knie zwang.

Einige Tage und ein paar Arztbesuche später kam ich in eine nahegelegene Klinik. Eigentlich wurden dort hoffnungslose Krebspatienten untergebracht. Verstehen Sie mich jetzt bitte nicht falsch, es handelte sich um eines der luxuriösesten Krankenhäuser, die ich jemals sah. Ich hatte ein Einzelzimmer mit Balkon und Blick ins Grüne. Es gab dort nicht die üblichen Ärzte, in ihren weißen Kitteln sondern Menschen, die einem zuhörten. Es gab keine Untersuchungen, sondern Therapien. Ich war dort eine Woche und ich wusste, ich bin einer der wenigen die diese Klinik tatsächlich lebend verlassen werden, ob mit oder ohne Rollstuhl, aber ich würde meinen alten Kämpfergeist zurückbekommen, und das machte mich glücklich.

Meine Frau besuchte mich jeden Tag und selbst sie lächelte, wenn ich ihr ganz euphorisch und in den schillerndsten Farben von diesem Krankenhaus erzählte.

„Ist ja schön, wenn's dir gut tut, mein Schatz."

Ich hatte viel Zeit zum Nachdenken, und ich hörte immer wieder ihre Stimme und diesen Satz und wusste, vielleicht tut es mir gut, aber ich spürte, sie konnte nicht mehr und trotzdem tat sie das alles für mich. Einerseits ist das eines der grausamsten Gefühle überhaupt, denn stell dir vor, die Liebe deines Lebens bricht zusammen und du stehst daneben und kannst nichts tun.

Andererseits, und jetzt stockte mein Gedanke, dieses Gefühl hatte sie seit Monaten! Sie kämpfte wie ein Tiger und konnte doch nur zusehen wie ich jeden Tag ein bisschen mehr den Löffel abgab. Aber das war nicht alles, ich mutete ihr allen Ernstes aus reinem Egoismus zu, diesen verkackten Laden weiterzuführen - den *sie* niemals gewollt hatte. Was war ich für ein Versager, für ein Wurm, was für ein Arschloch!

Ich hätte genug Zeit zum Nachdenken gehabt, aber das musste ich jetzt nicht mehr, denn bei ihrem nächsten Besuch teilte ich ihr mit: „Schatz wir machen den Laden dicht, ich hab die Schnauze voll!"

Ein Lächeln huschte über ihr Gesicht und gleichzeitig schaute sie mich so fragend an, wie nie zuvor. Sie akzeptierte nach einem langen Gespräch meine Entscheidung und holte mich nach zwei Tagen nach Hause.

Bis wir dann tatsächlich dichtgemacht hatten, vergingen noch einige Monate. Wir informierten unser Personal, unsere Verpächter, und ich nahm mir zum ersten Mal im Leben einen Rechtsanwalt. Der verstarb dann kurz vor der Verhandlung. Ich erfuhr außerdem, dass mich mein Steuerberater monatelang beschissen hatte. Wir räumten aus, ein und um. Aber wir kamen dem Ende meiner Selbstständigkeit immer näher.

Es ging mir körperlich nicht viel besser, als in den Wochen und Monaten zuvor, aber dieser ganze Umschwung, dieser Abschluss, der andererseits schon ein neuer Anfang, wenn auch ein ungewisser war, gab mir Kraft.

Ich wusste immer noch nicht, was ich hatte, denn trotz einer Auswahl an exzellenten Ärzten und gefühlten hundert Arzt- und Klinikbesuchen, hatte nie jemand etwas gefunden. Aufgrund meines nicht zu übersehenden Übergewichts, wurden Dinge wie Schlaganfall und Herzinfarkt in den Vordergrund geholt, Gehirnschlag und Diabetes waren im Gespräch. Sogar eine Lebensmittelunverträglichkeit wollten sie mir andichten. Gegen alles bin ich behandelt worden, gegen alles habe ich Medikamente genommen, zumindest eine Zeitlang. Eigentlich immer genau so lang, bis ein neuer Arzt eine neue Krankheit mit neuen Medikamenten fand. Sogar mit Antidepressiva wurde ich gefüttert, und dass der Stress bei mir zu einem Burnout führte, war ja eh klar. Aber unterm Strich hatte ich nichts! Zumindest ging ich mit diesem Gedanken damals, nach der Schlüsselrückgabe und einigen beleidigenden Worten meines Verpächters, nach Hause.

Die nächste Zeit ging es mir beinahe täglich besser, ich ließ mit meiner Liebe alles hinter mir, „Mopsi", „Zenzi" und den Rest unserer Gurkentruppe, auch den ganzen Streit und Ärger, die wilden Beschimpfungen meines Verpächters, der uns zum Schluss noch erklärte, er wollte uns eh' rausschmeißen. Alles viel von mir ab!

Bis zu diesem Tag …

Ich bin! – Ein neuer Anfang

Gerade als ich dachte, es geht aufwärts, ging es noch einmal richtig nach unten. Meine Frau verabschiedete sich mit ihrem üblichen Kuss, bevor sie zur Arbeit ging und ich blieb, wie in den letzten Wochen üblich, zu Hause.

Ich hatte noch keine neue Perspektive gefunden und sah mich momentan auch noch nicht in der Lage, eine neue Arbeit und Herausforderung anzunehmen. Zudem hätte ich gar nicht gewusst, was ich tun sollte. Eine neue Selbstständigkeit war ausgeschlossen, aber als Koch zu arbeiten, kam für mich auch nicht in Frage. Da war so eine seltsame Leere, Ratlosigkeit, aber auch Lustlosigkeit, überhaupt darüber nachzudenken.

Ich setzte mich auf unser gemütliches Sofa, zündete mir eine Kerze an und machte mir ein kleines und sehr ungesundes Frühstück. Ich suchte meine Lieblingssendung im Fernseher. Mittlerweile kannte ich die täglichen Soap Highlights sehr gut. Meine Hunde platzierten sich, wie üblich, rechts und links neben mir, ich nahm meinen

Cocktail aus vielen kleinen und größeren, sehr schön bunten Pillen und lehnte mich zurück.

Da war es wieder. Anfangs wusste ich nichts damit anzufangen, dann ging mir ein Licht auf. Dieser Geruch, dieser krautige Geruch, den kannte ich von früher. Mit einem Schlag fiel es mir wie Schuppen von den Augen – Weihrauch! Es roch intensiv nach Weihrauch, ich hatte das Gefühl, in einer Kirche zu sitzen, aber ich war zu Hause.

Ich stand von meinem Sofa auf und suchte die Wohnung ab, nach Blumen, Kerzen, Räucherstäbchen. Ich schnupperte nach draußen und sah in alle Räume, da war nichts. Aber dieser Geruch, er verfolgte mich überall hin.

Dann hatte ich auf einmal das Gefühl, ich bin nicht alleine. Aber ich *war* doch *alleine*! Ich hatte das Gefühl ich dreh durch! Angst packte mich, paranoid zu werden. Ich hatte Angst vor etwas, was ich nicht sah und doch war es ein komisches wohliges Gefühl.

Ich beruhigte mich selbst und ging zurück auf meine Couch. Ich nahm meine Hunde in den Arm und versuchte, mich selbst zu beruhigen. Der Geruch jedoch blieb, und ich hatte nach wie vor das Gefühl, nicht alleine zu sein.

Und da war es! - Zum allerersten Mal hörte ich es in wachem und klarem Zustand! Ich schlug mir selbst ins Gesicht, um auch wirklich sicher zu sein, dass ich nicht ohnmächtig war ... - sie sangen und ich wusste, sie sangen für mich. Es war so herzzerreißend, so wunderschön und so himmlisch ....

Ich hatte völlig wirre Gedanken in meinem Kopf, die ich nicht zuordnen und nicht sortieren konnte. Hatte ich das alles die letzten Monate nur geträumt? War ich gar nicht ohnmächtig? Ich wusste nicht mehr, was wahr und real war und was ich mir nur einbildete. Ich sah Farben um mich herum, ein strahlendes Blau, ein kräftiges Rot, Grün, Gelb, Lila, Weiß und vor allem Gold. Alles roch nach Weihrauch, war friedlich und ich hörte diesen wunderschönen Gesang. Ich fühlte mich, als wäre ich nach langer Zeit endlich zu Hause. Meine Kerze brannte so hell wie noch nie zuvor und dann geschah es.

Er stand vor mir! Ich sah einen Engel, wunderschön, in weißem Gewand, er sagte kein Wort, lächelte freundlich und rollte etwas auf. Es sah aus wie eine alte Schriftrolle, auf ihr stand in großen Buchstaben zu lesen:

DU BIST!

Der Engel strich mir über mein Haar, und mich durchfuhr ein warmer und angenehmer Schauer am ganzen Körper. Die Musik verstummte, die Farben verschwanden und der Geruch löste sich in Luft auf. Auch meine Kerze brannte wieder mit normaler Flamme.

Ich saß auf meinem Sofa, als wäre das eben das normalste Erlebnis auf der ganzen Welt gewesen. Ich hatte keine Angst mehr sondern das Gefühl zu leuchten. Alles ergab auf einmal einen Sinn, den ich aber erst viel später erkennen sollte. Ich stand wieder am Anfang!

Ich betete ein Vater unser, bedankte mich bei Gott, der mir plötzlich so nahe war und flüsterte leise: „Ich bin! – Dank sei Gott!"

Das Ende

Ende? Natürlich nicht! Das wäre ja noch schöner! Für alle die eventuell schon wieder mal ein bisschen „Pisie" in der Hose haben und sich gerade denken, das kann doch nicht sein, dass diese coole Sau so endet. Euch, meiner treuen Fangemeinde, ein deutliches **Jain!**

Ja, Gott ist bei mir und begleitet mich von nun an durch mein Leben, wobei er das auch vorher schon getan hat, nur merkte ich es nicht. Trotzdem bleibe ich natürlich der, der ich bin und immer schon war. Von allen, teilweise schauerlichen und unheimlichen, sehr oft auch erstaunlichen und wunderbaren Geschichten die ich nun erleben durfte, möchte ich Euch das nächste Mal erzählen. Klar ist, dass meine Frau mir weiterhin die Stange hielt, was nachts ja oft mal ganz schön sein kann, und dass ich auch weiterhin bei meiner „Aufklärungsarbeit" und meinen Erzählungen kein Blatt vor den Mund nehmen werde.

Also ich hoffe, wir „sehen uns wieder" bei der Fortsetzung:

Ich bin! „Die Tränen Gottes"

Band 2

Um es einmal in den Worten meiner ehemaligen Verpächter zu sagen:

KLARSTELLUNG! So nicht!

Richtigstellung!

Auch wenn es an manchen Stellen sehr schwer zu glauben ist, so sind doch alle Knallköpfe und Blindgänger, die in meiner Erzählung einen Platz gefunden haben, nicht meiner kranken Fantasie entsprungen, sondern traurige Realität. Daher möchte ich mich nun erleichtern - keine Angst, ich gehe nicht zum kotzen, das hab ich hinter mir - ich möchte mich in aller Form entschuldigen. Ich wünsche allen genannten und nicht genannten Personen, die jetzt heulend in der Ecke liegen, ein glückliches und erfolgreiches Leben, denn ich habe dank EUCH jetzt auch eines! Danke, dass ihr mir die Grundlage zu dieser Geschichte und zu vielen weiteren gegeben habt. Ich sende euch meinen Dank und meine Liebe! Macht's gut ihr Knalltüten.

Danksagung

Meiner Frau möchte ich danken, dass sie diesen Weg mit mir gegangen ist und bis heute geht. Ich danke dir, mein Schatz für unsere wunderbare Tochter und dafür, dass du immer uneingeschränkt für mich da warst und bist.

Ich liebe Dich

Und ich danke euch allen, und sage: bis bald! Denn es gibt noch viel zu erzählen. Und auch wenn es wirklich schwer zu glauben ist – es *ist* die Wahrheit und vielleicht darf ich den einen oder anderen mit meiner Geschichte unterhalten oder gar helfen, denn auch den Mut, einmal zu versagen, braucht man bei jedem Schritt, den man im Leben geht. Ich wünsche euch Frieden und ein erfolgreiches Leben in Licht und Liebe! Glauben ist der Anfang von allem.

Euer Michael Angelo Writer

Michael A. Writer
Books ©

Kontakt:

michaelangelowriter@hotmail.com

Besuchen Sie auch meinen Blog zum Buch:

http://michaelangelowriter.blogspot.de/

Über tredition

Der tredition Verlag wurde 2006 in Hamburg gegründet. Seitdem hat tredition Hunderte von Büchern veröffentlicht. Autoren können in wenigen leichten Schritten print-Books, e-Books und audio-Books publizieren. Der Verlag hat das Ziel, die beste und fairste Veröffentlichungsmöglichkeit für Autoren zu bieten.

tredition wurde mit der Erkenntnis gegründet, dass nur etwa jedes 200. bei Verlagen eingereichte Manuskript veröffentlicht wird. Dabei hat jedes Buch seinen Markt, also seine Leser. tredition sorgt dafür, dass für jedes Buch die Leserschaft auch erreicht wird

Autoren können das einzigartige Literatur-Netzwerk von tredition nutzen. Hier bieten zahlreiche Literatur-Partner (das sind Lektoren, Übersetzer, Hörbuchsprecher und Illustratoren) ihre Dienstleistung an, um Manuskripte zu verbessern oder die Vielfalt zu erhöhen. Autoren vereinbaren unabhängig von tredition mit Literatur-Partnern die Konditionen ihrer Zusammenarbeit und können gemeinsam am Erfolg des Buches partizipieren.

Das gesamte Verlagsprogramm von tredition ist bei allen stationären Buchhandlungen und Online-

Buchhändlern wie z.B. Amazon erhältlich. E-Books stehen bei den führenden Online-Portalen (z.B. iBook-Store von Apple) zum Verkauf.

Seit 2009 bietet tredition sein Verlagskonzept auch als sogenanntes "White-Label" an. Das bedeutet, dass andere Personen oder Institutionen risikofrei und unkompliziert selbst zum Herausgeber von Büchern und Buchreihen unter eigener Marke werden können.

Mittlerweile zählen zahlreiche renommierte Unternehmen, Zeitschriften-, Zeitungs- und Buchverlage, Universitäten, Forschungseinrichtungen, Unternehmensberatungen zu den Kunden von tredition. Unter www.tredition-corporate.de bietet tredition vielfältige weitere Verlagsleistungen speziell für Geschäftskunden an.

tredition wurde mit mehreren Innovationspreisen ausgezeichnet, u.a. Webfuture Award und Innovationspreis der Buch-Digitale.

tredition ist Mitglied im Börsenverein des Deutschen Buchhandels.

Zeitfracht Medien GmbH
Ferdinand-Jühlke-Straße 7
99095 Erfurt, Deutschland
produktsicherheit@kolibri360.de